JN160056

# 北原白秋私論

山本亜紀子

創風社出版

# 北原白秋私論

# 目次

# はじめに

この令和の時代に、北原白秋という詩人の知名度がどれくらいなのかはわからないが、

雨雨、ふれふれ、母さんが
蛇の目でおむかひうれしいな。
　ピッチピッチ　チャップチャップ
　ランランラン。

この歌を口ずさめる日本人は、少なくないのではないだろうか。
昭和三十四年（一九五九年）生まれの私は、小学生のとき、学芸会の劇の中で

「揺籠のうた」を歌った。

揺籠のうたを、
カナリヤが歌ふよ。
　ねんねこ、ねんねこ、
　ねんねこ、よ。

揺籠のうへに、
枇杷の実が揺れる、よ。
　ねんねこ、ねんねこ、
　ねんねこ、よ。

揺籠のつなを、
木ねずみが揺する、よ。

ねんねこ、ねんねこ、
　ねんねこ、よ。

揺籠のゆめに、
　黄色い月がかかる、よ。
　ねんねこ、ねんねこ、
　ねんねこ、よ。

なんて優しい歌だろう。ゆったりとしたメロディーに、カナリヤ、枇杷の実、木ねずみ、黄色い月といった暖かな言葉。やわらかなものに包まれていくような感じがしたことを覚えている。

小・中学生のころ、「夏の思い出」「浜辺の歌」「朧月夜」など、たくさんの好きな歌に出会う中で、特に好きだったのは「この道」と「からたちの花」。あの「揺籠のうた」と同じ作詞者、北原白秋。

時は流れ、日本の古典文学の素晴らしさを学んだ私は、大学は文学部へ進むことにした。人が悩み、人生の真を求めていくさまを言語で描こうとする〝文学〟。『万葉集』や『古今集』の和歌、芭蕉の俳諧などに心をひかれながら、自分が本当に研究したいものは何か、と問うていった時、心に浮かびあがってきたのは

この道は　いつか来た道、
ああ、さうだよ、
あかしやの花が咲いてる。

甘美な、しかし甘美なだけではないこの詩の世界を考えてみたいと思った。ちょうど、明治四十二年（一九〇九年）創刊の雑誌「スバル」についての講義があり、明治という、文学史上も特別な時代の雰囲気や、そこに発表されている白秋の詩や短歌に魅了され、北原白秋を卒業論文のテーマに選んだのである。白秋

が詩作を始めてから、第二詩集『思ひ出』を刊行するまでの軌跡をたどり、白秋詩歌の特質を、自分なりには、考察できたのではないかと思う。

昭和五十九年（一九八四年）、白秋の初めての完全な全集が岩波書店から発行された。全四十巻。月に一度配本される美しい本は、社会人となり厳しい現実に翻弄されていた私にとって、宝物だった。

長い職業生活を終え、私は、ずっしりと重い『白秋全集』を再び手に取った。好きなことに没頭できる時間を得て、白秋とじっくり向き合ってみたい。

白秋は、生涯を通して詩人であった。その芸術の森は深い。

詩とは何か。私の心をとらえる白秋の詩とは何か。答えがみつかるかどうかわからないが、深い森を心ゆくまで歩いてみたい。

# 一　童心と母

詩論集『緑の触覚』（昭四）の中で、白秋は、次のように言っている。

真の詩人ならばいつでも永遠に童心を失はない。（中略）真のすぐれた詩には真の童心の光が必ず深い奥所から光り輝いてゐる。

白秋の言う〝童心〟とはどういうものなのか。その生い立ちをたどりながら、考えてみたいと思う。

明治十八年（一八八五年）一月二十五日、福岡県山門《やまと》郡沖端《おきのはた》村（現、柳川市沖ノ端町）で、父長太郎、母しけの長男として、白秋は生まれた。本名は隆吉。柳河（柳川の旧称）という土地に生まれ、九州でも有数の富裕な商家の長男として育ったことは、白秋の詩に大きな影響を与えている。詩集『思ひ出』の長文の序文「わが生ひたち」の中で、〝南国的〟で〝何となく投げやりなところ〟があり、〝華やか〟で〝異国的情緒〟が感じられる沖ノ端の風情が描かれ、次のように記されている。

世間ではこの旧家を屋号通りに「油屋」と呼び、或は「古問屋《ふつどいや》」と称《とな》へた。実際私の生家は此六騎《ロッキュ》街中の一二の家柄であるばかりでなく、酒造家としても最も石数高く、魚類の問屋としては九州地方の老舗として夙《つと》に知られてゐたのである。（中略）私はかういふ雰囲気の中で何時も可なり贅沢《ぜいたく》な気分のもとに所謂《いはゆる》油屋のTonka John《トンカジョン》（大きい坊ちゃん、弟と比較していふ、阿蘭陀訛か。）として安らかに生ひ立つたのである。

また、母の里である肥後の外目《ほかめ》（現、熊本県玉名郡南関町関外目）では〝潟くさい海〟が広がる柳河とは異なる〝山のにほひに親し〟み、

柳河のTonka Johnはまたその一郷の罪もない小君主であつた。路に逢ふほどの農人はみな丁寧にその青い頬かむりを解いて会釈した。私はまた何事

もわが意の儘に左右し得るものと信じた。而して自分ひとりが特別に天の思寵に預つてるやうな勝ち誇つた心になつてたゞ我儘に跳ね廻つた。

と自ら語っている。〝びいどろ罎〟とあだ名されるくらい、虚弱で癇癪の強い児で、酒倉がたち並ぶ広大な生家では、たくさんの使用人に囲まれて長男として大切にされ、外目では、地域の尊敬をあつめていた石井家の孫として愛情を注がれたのである。

「わが生ひたち」では、柳河の春夏秋冬の景色や風俗が繊細に描かれており、幼い白秋が、「Tonka John として、南蛮文化の残る南国でぜいたくに育っていった様子が伝わってくる。

そして、ここで育まれた坊ちゃん気質は白秋の童心の源となり、生涯変わることはなかったと思われる。

また、幼少期の白秋は、乳母の手で世話をされていたが、〝武士的な正義と信実とを尊ぶ清らかな母〟と記されている母への思いは、特別なものがあったようである。

六歳で矢留尋常小学校に入学。柳河高等小学校、伝習館中学（現、伝習館高等学校）へと進む中で、母方の祖父の蔵書や叔父石井道真《どうしん》が東京から送ってくる詩歌書を耽読し、文学に目覚めていく。島崎藤村の『若菜集』や雑誌「文庫」「明星」を愛読し、短歌を創作するようになる。

明治三十四年（一九〇一年）、十六歳の白秋を悲劇が襲う。沖ノ端の大火で、生家が類焼。〝多くの酒倉も、あらゆる桶に新しい金いろの日本酒を満たしたまゝ真蒼《まっさを》に炎上した〟。

一時は新しい酒倉を建て直したものの、北原家の痛手は大きく、やがて〝柳河の「油屋」として、九州の古問屋として数代知られた旧家も遂には一家没落の憂き目を見るように〟なっていく。

そのような中、友人たちと起こした回覧雑誌「蓬文《ほうぶん》」において、「白秋」という雅号が始まる。十七歳の時、「福岡日日新聞」の「葉書文学」欄に投稿した短歌が掲載された。

此儘《このまゝ》に空に消えむの我世ともかくてあれなの虹美《うるは》しき

中央の雑誌「文庫」でも短歌が次々と掲載されるとともに、詩「恋の絵ぶみ」が河井酔茗の選により掲載されたのちは、詩作の方が中心となっていく。

詩人として生きていきたいという思いが強くなっていく白秋であった。

しかし、父の理解を得られるはずはなく、神経衰弱に陥り、学校を休学したこともあったが、白秋にとって衝撃的な事件が起きる。ともに文学を志した親友の中島鎮夫が、〝露探〟（日露戦争当時のロシアのスパイ）の嫌疑をかけられ、自殺したのである。

伝習館中学を中途退学し、白秋は上京を決意する。

『思ひ出』に収められている「ふるさと」には故郷を出ていく複雑な思いが表れている。

## ふるさと

人もいや、親もいや、
小さな街が憎うて、
夜ふけに家を出たれど、
せんすべなしや、霧ふり、
月さし、壁のしろさに
こほろぎがすだくよ、
堀の水がなげくよ、
爪さき薄く、さみしく、
ほのかに、道をいそげば、
いまだ寝ぬ戸の隙《ひま》より
灯もさし、菱の芽生に、
なつかし、沁みて消え入る

油搾木《あぶらしめぎ》のしめり香《が》。

明治三十七年（一九〇四年）三月末、新橋駅に降り立った。「新橋」（明四十二）には、〝都会の入口の厳粛な匂〟の中を歩く白秋の気負いと不安が描かれている。のちに「上京当時の回想」（大三）ではこんなことを言っている。

我儘でこそあれ、富有に育った私はいざ上京となると途方に暮れた。汽車中でも、下宿をしたら、第一ランプの掃除や下帯の始末はどうしたものだらうと、それが一番に苦労になったのだ。をかしい話であるが、それ迄私は一人で店に品物を買ひに行った経験も無かったのである。

上京に際し、母は応援してくれ、父も最終的には折れて許してくれたようで、早稲田大学高等予科文科に入学し、生家からの仕送りを受けて勉学（予科は一年で退学してしまう）、詩作に励むことになる。早稲田で知り合った若山牧水と同じ下宿にいたことがあり、「同宿時代」（昭四）によると、下宿代は九円、牧水は十三円、白秋は二十五円の仕送りを受けており、まだ酒も飲まず、買い物や外食が苦手であった白秋にとっては、金銭的な苦労はなかったようである。

上京と時を同じくして、自刃した親友中島鎮夫に捧げた長篇詩「林下の黙想」が「文庫」に掲載されたのを皮切りに、「全都覚醒賦」「春海夢路」「絵草紙店」と次々に「文庫」の詩壇を席巻していく。

新詩社の与謝野寛の目にとまり、明治三十九年（一九〇六年）四月、初めて「明星」に競詠詩「花ちる日」を発表した。そして、翌五月に「明星」に発表したのは、興味深いことに、のちに『思ひ出』に収める「紅き実」「身熱」「梨」「青き甕」などの抒情詩であった。

紅き実

日もしらず。

ところもしらず。
美くしう稚児めくひとと
匐ひ寄りて、
桃か、IKURIか、
朱の盆に盛りつとまでを。
余《よ》は知らず、
また名も知らず。
夢なりや。—
さあれ、おぼろに
朱の盆に盛りつとまでを、
わが見しは
紅き実なりき。

それまでの長篇詩は、何百行もあるボリュームで、次から次へと言葉があふれ出している。

　この時期、上田敏、薄田泣菫、蒲原有明らの象徴詩に影響を受け、夏には「解纜《かいらん》」「一瞥《いちべつ》」「暮愁」などの象徴詩を発表しているが、幼少期の心模様を短い詩にあらわしたいという思いが、白秋の中に芽生えていたのである。

　また、新詩社の短歌競作に参加し、多くの短歌も発表している。


青の馬御《ぎょ》すと来りぬ世に一《いち》の真大胆子《またいたんこ》の大気《たいき》の童子《わらは》

誰そ暗き心のうへを木履《きぐつ》曳き絶えず血に染《そ》み行き惑《まど》ふ子は

やはらかき草生《くさふ》の雨よなにうたふ罌粟《けし》よほのかに燃えねとうたふ

　明治四十年（一九〇七年）の夏、与謝野寛、木下杢太郎、吉井勇、平野万里の四人と、約一か月間、長崎、天草、熊本などを旅行した。「東京二六新聞」に連載した五人による紀行文が、「五足の靴」である。白秋は、柳河の生家に四人を招いてもてなしており、三年前にあとにした郷里の風情や、訪れた南蛮遺跡の異国情緒を深く感じとり、最初の詩集となる『邪宗門』や、詩作の時期としては同時期である第二詩集『思ひ出』にまとめられていく詩の着想を得たものと思われる。

冬には、森鷗外邸で開かれていた観潮楼歌会に招待されて参加し、斎藤茂吉や石川啄木らと知り合うことになる。

明治四十一年（一九〇八年）一月、象徴詩「謀叛」を「新思潮」に発表。その詩の心情のとおり、新詩社を脱退するが、「中央公論」「新声」などに、『邪宗門』に収められる詩を次々と発表していく。

「パンの会」（Pan はギリシャ神話の牧羊神）が結成されたのが、この年である。白秋や木下杢太郎、吉井勇らの若い詩人たちや、石井柏亭、山本鼎《かなえ》らの若い洋画家たちが集まって、芸術論をたたかわせ、白秋の「空に真赤な」を歌った。

空に真赤な

空に真赤な雲のいろ。
玻璃《はり》に真赤な酒の色。
なんでこの身が悲しかろ。
空に真赤な雲のいろ。

「パンの会」に誘われた高村光太郎は、白秋を〝神通力を持つ駄々子のお伽話の皇子のよう〟と形容している。

明治四十二年（一九〇九年）一月、「スバル」創刊号に、「邪宗門新派体」と題して、「天鵝絨《びろうど》のにほひ」「赤き花の魔睡」など七篇を発表、三月に『邪宗門』刊行に至る。〝時代を劃するほどの処女詩集でなければ世に問ふものではない〟（「邪宗門物語」昭五）という気負いをもって自費出版された『邪宗門』について、室生犀星は、『我が愛する詩人の伝記』の中で、次のように語っている。

　月給八円の男が一円五十銭の本を取り寄せて購読するのに少しも高価だと思わないばかりか、（中略）それが刊行されると威張って町じゅうを抱えて歩いたものである。（中略）うろ覚えにわかることは、活字というものが、こんなに美しく巧みに行を組み、あたらしい言葉となって、眼の前にキラキラしてくる閃きを持つこともあるということであった。

　この詩集によって白秋が表現したかったことは、その「例言」の中の〝かの内部生活の幽かなる振動のリズムを感じその儘の調律に奏でいでんとする音楽的象徴を専とする〟という言葉に端的に表われている。

　全集では、白秋自筆のノート（写真版）を見ることができる。「邪宗門ノート」からは推敲を重ね苦心する様子や、一つの芸術作品として詩集を形づくろうとする創造の喜びが伝わってくる。
中に、『邪宗門』の寄贈先リストらしきものがある。白秋は、上京後一年たった頃から一戸を借り、老女三田ひろを雇っていたが、森、蒲原、石川などの名が連なるリストの二十番目に「婆や」と書いてある。その気持ちを想像すると、ほほえまずにはいられない。

すでにこの前年に、『思ひ出』の核となる「断章」三十五篇を雑誌「心の花」に発表している。

断章（抜粋）

○

今日もかなしと思ひしか、ひとりゆふべを、
銀の小笛の音《ね》もほそく、ひとり幽かに、
すすり泣き、吹き澄ましたるわがこころ、

薄き光に。

〇

暮れてゆく雨の日の何となきものせはしさに
落したる、さは紅き実の林檎ああその林檎、
見も取らず、冷かに行き過ぎし人のうしろに、
灰色の路《みち》長きぬかるみに、あはれ濡れつつ
ただひとつまろびたる、燃えのこる夢のごとくに。

〇

泣かまほしさにわれひとり、
冷やき玻璃戸《はりど》に手もあてつ、
窓の彼方《かなた》はあかあかと沈む入日の野ぞ見ゆる。
泣かまほしさにわれひとり。

〇

なやましき晩夏《おそなつ》の日に、

夕日浴び立てる少女《をとめ》の
余念《よねん》なき手にも揉まれて、
やはらかににじみいでたる
色あかき爪《つま》くれなゐの花。

○

失《な》くしつる。
さはあるべくもおもはれね。
またある日には、
探《さが》しなば、なほあるごともおもはるる。
色青き真珠《しんじゅ》のたまよ。

「スバル」に短歌も発表しており、第一歌集『桐の花』に収められていく新しい歌風が生まれていった。

春の鳥な鳴きそ鳴きそあかあかと外《と》の面《も》の草に日の入る夕

銀笛のごとも哀しく単調《ひとふし》に過ぎもゆきにし夢なりしかな

いやはてに鬱金《うこん》ざくらのかなしみのちりそめぬれば五月《さつき》はきたる

葉がくれに青き果《み》を見るかなしみか花ちりし日のわが思ひ出か

ヒヤシンス薄紫に咲きにけりはじめて心顫《ふる》ひそめし日

ウイスキーの強くかなしき口あたりそれにも優《ま》して春の暮れゆく

また、木下杢太郎、長田秀雄と三人で、季刊雑誌「屋上庭園」（表紙は黒田清輝）を創刊するなど、活動の幅を広げていった。

文壇でも一目置かれる詩人となっていた白秋に、生家破産の報が届いたのは、この年の十二月のことであった。「わが生ひたち」には次のように記されている。

郷家の旧い財宝はあの花火の揚る、堀端のなつかしい柳のかげで無惨にも白日競売の辱《はづか》しめを受けたといふ母上の身も世もあられないような悲しい手紙に接した

一時帰郷し、生家の没落を目のあたりにして、白秋はどんな気持ちを抱いたのだろうか。『思ひ出』という詩集を創りたいという思いをより強くしたことは確かである。

帰京後は、母から毎月黄金の小判三枚を送ってもらい、それを両替して生活していく。

息子の北原隆太郎は、「父の初期詩作ノートに想う」の中で、

父が瀕死の病床でも創作ノートを手放さず、死に面している自己自身さえをも客観的に対象化し、自己表現的に作品にまで結晶化しようとする姿は、まさに、人間の芸術意志そのもののようであった。

と述べているが、白秋にとっては、志した時から、詩人として生きる以外、選択する道はなかったのである。

「屋上庭園」が発禁となる原因となった「おかる勘平」をはじめ、第三詩集『東京景物詩及其他』（のちに『雪と花火』と改題）に収められる「浅草哀歌」「銀座花壇」「六月」などと並行して、『思ひ出』の「序詩」や、「糸車」「時は逝く」など、一年半の間に百七篇の詩を発表していく。序文「わが生ひたち」を書き上げ、明治四十四年（一九一一年）六月に『思ひ出』を刊行するまで、初出により詩作をたどっていくと、Tonka John の感情、感覚を詩としてうたいたいという熱い思いが伝わってくる。

「わが生ひたち」の結び近くで、〝この「思ひ出」に依て、故郷と幼少時代の自分とに潔く訣別しやうと思ふ〟と言っている。けれども、のち（大正十四年）に出版された『思ひ出』増訂新版の巻末言では、

この『思ひ出』こそは今日の私の童謡の本源を成したものだと云い得る。（中略）私の本質が潜んで満ちてゐるやうな気がするのである。

と言っているとおり、単に過去を懐かしむだけのものではなく、白秋の基調となる詩風が、ここで生まれたのである。

『思ひ出』は、文壇の賞讃を得た。日本で初となる出版記念会が催され、その時のことを前記の巻末言で次のように語っている。

私はその夜の幸福と光栄とを未だに忘るることができない。デザアトコースに入るや、上田敏先生は立つて、言葉を極めて日本古来の歌謡の伝統と新

様の仏蘭西芸術に亘る総合的詩集であるとし、而もその感覚開放の新官能的詩風を極力推奨された。さうして序文『生ひたちの記』については殊に驚くべき讃辞を注がれた。あれを読んで落涙したとまで。

白秋は、動転し、あまりの喜びで返礼の挨拶もできず、ただうつむいていたという。

『邪宗門』には巻頭に、

父上に献ぐ

とあり、『思ひ出』には

この小さき抒情小曲集をそのかみのあえかなりしわが母上と、愛弟 Tinka John に贈るとあることも忘れてはならない。
雑誌「文章世界」の「文界十傑」の投票で「詩人」の部の一位となる（二位蒲原有明、三位 与謝野寛、四位 三木露風）。
主宰した雑誌「朱欒《ザンボア》」には、志賀直哉、谷崎潤一郎らが小説を寄稿するとともに、室生犀星、萩原朔太郎、大手拓次らの青年詩人をデビューさせている。

短歌も継続して発表している。

ふくらなる羽毛襟巻《ボア》のにほひを新《あた》らしむ十一月の朝のあひびき

病める児はハモニカを吹き夜に入りぬもろこし畑の黄なる月の出

ほのぼのと人をたづねてゆく朝はあかしやの木にふる雨もがな

いつしかに春の名残となりにけり昆布干場《こんぶほしば》のたんぽぽの花

君かへす朝の舗石《しきいし》さくさくと雪よ林檎の香《か》のごとくふれ

『桐の花』の巻頭を飾ることになる「桐の花とカステラ」を雑誌「創作」に発表し、短歌を〝一箇の小さい緑の古宝玉〟として大切に思う心を語っている。

詩人として輝かしい活躍をしていた白秋を、奈落の底へ突き落す事件が起きたのは、明治から大正へ時代が変わりゆく頃のことだった。姦通罪として告訴されたのである。告訴したのは一時隣に住んでいた松下俊子の夫で、白秋と俊子は起訴され、未決監に拘留された。夫が新聞記者だったこともあり、この事件は新聞に大きく報道された。

夫が、自分の愛人との同居を迫るなど、俊子は乳呑み児を育てながら、大きな心労をかかえていた。二人が出会い、恋におち、俊子が夫に離縁されるまでの二年余りの間、プラトニックな愛を重ねていたことは、薮田義雄の『評伝　北原白秋』に詳しく書かれている。そこには、俊子がのちに書いた文章も引用されている。すでに上京していた弟の鉄雄と婆やとの三人で暮らしていた隣家の白秋との初対面は、

小肥りで丸顔の色艶のいい、目の大きい、ひと口にいうと顔を洗ったばかりと思われる青年が、机に向かっていた

と書かれている。

白秋は、俊子とのことをうたった詩や短歌を数多く発表しているが、歌集『桐の花』は「哀傷篇」で締めくくることになる。

君と見て一期《いちご》の別れする時もダリヤは紅《あか》しダリヤは紅《あか》し

編笠をすこしかたむけよき君はなほ紅き花に見入るなりけり

白秋が自ら「朱欒」に掲載した「わが敬愛する人々に」（大一）では、〝何らの相当な弁解もいたしません〟と言い、三八七番という番号で呼ばれ、編笠をかぶせられ手錠をかけられて裁判に曳かれていきながらも、〝些かでも自分自身のデリケートな優しい気持を失はないで居られた〟と言い、〝芸術家の立場としてはたゞ敬虔《けいけん》にして信実な高い芸術の力に頼る外に最上の謙徳は無い〟と表明している。

結果的には、俊子の夫が要求する法外な示談金を、弟の鉄雄の奔走により何とか支払い、免訴されたが、この一件がもたらしたダメージがどれほど大きかったか、想像するに難くない。

破産後ついに郷里を棄てて上京していた父と母、鉄雄と四人で暮らしていた白秋は、釈放後行方がわからなくなっていた俊子を探し出して、呼び寄せた。一家を挙げて東京を離れ、神奈川県三崎町へ引っ越し、俊子の協議離婚成立を受けて、大正二年（一九一三年）九月、結婚する。しかし、俊子と両親の折り合いは悪く、貧窮も手伝って、一時は俊子の病気療養のために二人で小笠原の父島に渡ったりもしたが、一年足らずで離別することになるのである。

東京、東京、その名の何すればしかく哀しく美くしきや。われら今高華なる都会の喧騒より逃れて漸く田園の風光に就く、やさしき粗野と原始的単純はわが前にあり、新生来らんとす。

大正二年夏に刊行された『東京景物詩及其他』の「余言」でこのように述べているとおり、三浦、小笠原での生活は、白秋に新たな詩の世界を拓かせた。

潤《うる》ほひあれよ真珠玉幽《かす》かに煙れわがいのち

滴《したた》るものは日のしづく静かにたまる眼《め》の涙

一気に出来上がった『真珠抄《まさごしょう》』と『白金之独楽《はっきんのこま》』には、一時は自殺を考えたという精神的苦しみと、自己の内を見つめ、絶望からはい上がろうとする思いがうたわれている。

そして、「畑の祭」（単行本にはならず、のちに『白秋詩集』に収められた）や、歌集『雲母集《きらら》』では、降り注ぐ太陽の光や輝く海、はるかな富士、それらの明るい自然に包まれて、心がほどけていく姿が見える。

深みどり海はろばろし吾が母よここは牢獄《ひとや》にあらざりにけり

不尽の山れいろうとしてひさかたの天の一方におはしけるかも

麪麭《パン》を買ひ紅薔薇《べにばら》の花もらひたり爽やかなるかも両手に持てば

畑や海で働く人々との交流、とりわけ自然のなかで生きる子どもたちとの出会いも、大きな影響を与えた。

地面《じべた》踏めば蕪《かぶら》みどりの葉をみだすいつくしきかもわが足の上

大きなる手があらはれて昼深し上から卵をつかみけるかも

ものなべて麗《うら》らならぬはなきものをなにか童の涙こぼせる

傷心なればこそ、自然の力、美しさが、強く、深く感じられたことだろう。次のような詩も生まれた。

# 薔薇二曲

一

薔薇ノ木ニ
薔薇ノ花サク。

ナニゴトノ不思議ナケレド。

二

薔薇ノ花。
ナニゴトノ不思議ナケレド。
照リ極マレバ木ヨリコボルル。

光リコボルル。

三崎での生活について、白秋自身「雲母集余言」で、〝私に取つては私の一生涯中最も重要なる一転気を劃した〟と言っているが、栄光を奪われ、裸になって初めて感じられることを、創造の糧としていったのである。

三崎では、歌碑が今も残る「城ヶ島の雨」をつくり、梁田貞の作曲で芸術座音楽会でうたわれた。三崎の漁師たちが口ずさむ唄や祭りの唄などに触発されたところもあり、『思ひ出』の童謡のような詩や、『東京景物詩及其他』の小唄調の詩を経て、歌謡に表現の幅を広げていく、その始まりとなった。

城ヶ島の雨

雨はふるふる、城ヶ島の磯に、
利久鼠の雨がふる。
雨は真珠か、夜明の霧か、

それともわたしの忍び泣き。
舟はゆくゆく通り矢のはなを
濡れて帆あげたぬしの舟。
ええ、舟は櫓《ろ》でやる、櫓は唄《うた》でやる、
唄は船頭さんの心意気。
雨はふるふる、日はうす曇《ぐも》る。
舟はゆくゆく、帆がかすむ。

詩歌結社「巡礼詩社」を創立し、帰京後、機関誌「地上巡礼」を刊行。これは六冊で廃刊となった。最終号の「巡礼提言」(大四)には、

巧まずして素直なれ。純一にして大きかれ。無垢なれ。ただ無垢なれ。真に自在なれかし。

とある。

弟の鉄雄と阿蘭陀書房を創立し、自選抒情詩集『わすれなぐさ』を刊行するとともに、文芸雑誌「ARS《アルス》」を創刊した。復刻版が手元にあるが、森鷗外と上田敏を顧問とし、彼らのほか、寄稿者には蒲原有明、木下杢太郎、高村光太郎、萩原朔太郎らが名を連ねる、二百五十六ページの豪華な雑誌である。しかし、広告欄にある鷗外の『青年』六十銭、「アララギ」二十五銭に比して、五十銭という定価はどうだろう。〝本誌は理想的な真摯な大芸術雑誌たらむ事を希望し予期してゐる〟（編輯《へんしゅう》手記）という意気込みであったが、「ARS」は七冊しか続かなかった。

大正五年（一九一六年）五月、知人の紹介で江口章子《あやこ》と結婚する。白秋、三十一歳。章子は大分県の出身で、結婚、離婚後、上京し、平塚雷鳥のもとに身を寄せていた。二十八歳であった。

結婚後、葛飾に居を移す。「巡礼詩社」を「紫烟《しえん》草舎」と改称し、機関誌

「烟草《たばこ》の花」を刊行するも二冊で廃刊となる。

生活は窮乏を極めたが、そこから、詩文『雀の生活』や「葛飾小品」、初めての小説「葛飾文章」などが生まれていく。

『雀の生活』の「小序」には、

雀を観る。それは此の「我」自身を観るのである。雀を識る。それは此の「我」自身を識る事である。（中略）一箇の雀に此の洪大な大自然の真理と神秘とが包蔵されてゐる

とある。赤貧の中、残りわずかな米を雀たちに分け与えながら、三年間、白秋は雀を見つめていた。二百ページ余り雀のことを書いている中で、雀の可愛らしさに和まされながら、

一日一日と生き続けて行く、この生きとし生きてゐる物の生きようとする力

位、真剣で、而も、不思議な強い力はありますまい。

と述べ、

世は無常だと申します。然し、無常であるが故に常に光明と精気とが新鮮に薫つてゐます、流れわたつてゆくのです、満ち、溢れてゐるのです。

と記しているのが印象的である。

「アララギ」や「潮音」などに寄稿していた短歌は、第三歌集『雀の卵』にまとめられるが、推敲に推敲を重ね、完成には七年間かかっている。

鳰鳥《にほどり》の葛飾小野の夕霞桃いろふかし春もいぬらむ

はらはらと雀飛び来る木槿垣《むくげがき》ふと見ればすずし白き花二つ

咳すれば寂しからしか軒端より雀さかさにさしのぞきをる

枇杷の葉の葉縁《はべり》にむすぶ雨の玉の一つ一つ揺れて一つ一つ光る

村の子どもたちが貧しい詩人のところに遊びにくる。喜ばそうと野の花を摘んでくる子どももいる。何も与える物がない白秋は、子どもの小さな手に、蛍や金魚の絵を書いてやる。そんな日々が、白秋の中の〝童心〟というものの意識を深め、雑誌「赤い鳥」での本格的な童謡の開花へとつながっていくのである。

鈴木三重吉主宰の「赤い鳥」が刊行されたのは、大正七年（一九一八年）七月。白秋は、創刊号に童謡「りすりす小栗鼠《こりす》」「雉《きじ》ぐるま」を発表するとともに、次号から創作童謡を募集し選者となり、さらに「児童自由詩」を提唱するなど、童謡の創作と普及に情熱を傾けていく。

生活もやや安定し、神奈川県小田原市に建てられた新しい家は、家の正面の外観が木兎に似ていることから、「木兎《みみずく》の家」と名づけられた。

翌年には、最初の童謡集『とんぼの眼玉』を刊行。「赤い鳥」に発表した「雨」「赤い鳥小鳥」「あわて床屋」などを収める。

雨

雨がふります。雨がふる。
遊びにゆきたし、傘はなし、
紅緒《べにを》の木履《かっこ》も緒が切れた。

（後略）

赤い鳥小鳥

赤い鳥、小鳥、
なぜなぜ赤い。

赤い実をたべた。

（後略）

あわて床屋《とこや》

春は早うから川辺の葦《あし》に、
蟹が店出し、床屋でござる。
チョッキン、チョッキン、チョッキンナ。

（後略）

その「はしがき」では、次のように言っている。

ほんたうの童謡は何よりわかりやすい子供の言葉で、子供の心を歌ふと同時に、大人にとっても意味の深いものでなければなりません。（中略）あくまでもその感覚から子供になって、子供の心そのままな自由な生活の上に還《かへ》って、自然を観、人事を観なければなりません。

「赤い鳥」で、毎号、募集した児童の創作童謡の中から白秋が入選作品を決め選評しているが、その選評は、自然を素直に見ること、純粋な感情を尊ぶことなどを、子どもたちに優しく丁寧に語りかけている。

イギリスの童謡「マザー・グース」の翻訳にも着手し、のちに単行本『まざあ・ぐうす』として刊行した。

大正十年（一九二一年）、白秋は、画家の山本鼎（山本は大正六年に白秋の妹いゑと結婚）らと芸術・教育雑誌「芸術自由教育」をアルス（社長は弟鉄雄）から創刊し、『緑の触覚』に収められる童謡論「童謡復興」を連載する。そこでは、「梁塵秘鈔」の〝遊びをせんとや生れけむ〟を引きながら、子供が大自然に抱かれて無心に遊ぶ、その中から生まれる歌が本当の童謡だと説いている。

前年、訳あって章子と離婚していたが、佐藤キク（通称菊子、大分市出身、三十二歳）を紹介され、結婚。やがて一男一女を授かり、わが子を慈しむ中で、童謡を創り続けていく。童謡集としては『兎の電報』、『祭の笛』を刊行。この『祭の笛』の中に、あの「揺籠のうた」が収められているのである。

一方、「自由教育夏期講習会」で講演するために軽井沢を訪れたことが一つのきっかけとなったのか、「落葉松《からまつ》」をはじめとする詩や、長歌、民謡を短期間に多数書いている。長歌（自らは〝詩文と長歌体の詩篇〟と言っている）は、『観想の秋』、民謡は『日本の笛』として刊行。「落葉松」「雪に立つ竹」「月光微韻」などの詩が、詩集としては九年ぶりとなる『水墨集』に収められていく。

『水墨集』の序文「芸術の円光」は、作曲家山田耕筰とともに発刊した芸術雑誌「詩と音楽」の創刊号に載せたもので、本格的な詩論として注目されるが、これに先立ち、雑誌「大観」に寄稿した童謡論「叡智と感覚」の中に、この章の冒頭で引用した文章がある。

再び引いてみよう。

　真の詩人ならばいつでも永遠に童心を失はない。（中略）真のすぐれた詩には真の童心の光が必ず深い奥所から光り輝いてゐる。

　そして、「詩と音楽」に発表した「童謡私鈔」の中で、自らの童謡「赤い鳥、小鳥」について解説し、次のように言っている。

　童心より観ずる此の原始的単純をただの単純のみと目してほしくない。此の内に虚実の連関、無変の変、因果律、進化と遺伝等、而も万物流転の方則、その種々相を通ずる厳としてまた渝《かわ》る無き大自然の摂理、——かうした此の宇宙唯一の真理が真理として含まれて居らぬであらうか。

　さらに、のちに『白秋童謡集』の序文となる部分では、次のように述べている。

真の思無邪の境涯にまでその童心を通じて徹せよと云ふのである。恍惚たる忘我の一瞬に於て、真の自然と渾融せよと云ふことである。此の境地は、自然観照の場合に於ても、終には芸術の本義と合致する。

ここに、白秋にとっての〝童心〟がどういうものなのかが表れている。さらに、白秋が、どういう詩をうたいたいのかが示されているのである。

大正十二年（一九二三年）九月、関東大震災。「木兎の家」は半壊したが、家族は無事で、家の周辺の竹林での生活を交えながら、創作を続けていく。童謡集は、『花咲爺さん』『子供の村』『二重虹』『象の子』『月と胡桃』などが刊行され、「かやの木山《きやま》」「砂山」「からたちの花」「ペチカ」「待ちぼうけ」「この道」などが収められている。

# からたちの花

からたちの花が咲いたよ。
白い白い花が咲いたよ。

からたちのとげはいたいよ。
青い青い針のとげだよ。

からたちは畑《はた》の垣根よ。
いつもいつもとほる道だよ。

からたちも秋はみのるよ。
まろいまろい金の玉だよ。

からたちのそばで泣いたよ。
みんなみんなやさしかったよ。
からたちの花が咲いたよ。
白い白い花が咲いたよ。

## この道

この道はいつか来た道、
　ああ、さうだよ、
あかしやの花が咲いてる。

あの丘はいつか見た丘、
　ああ、さうだよ、

ほら、白い時計台だよ。

この道はいつか来た道、
　ああ、さうだよ、
お母さまと馬車で行ったよ。

あの雲もいつか見た雲、
　ああ、さうだよ、
山査子《さんざし》の枝も垂れてる。

大正十四年（一九二五年）八月、鉄道省主催樺太観光団の一員として、歌人で友人の吉植庄亮と樺太、北海道を巡る船旅に出る。その旅の様子を書いた紀行文『フレップ・トリップ』は、〝重厚なリズムと軽快なテンポを交錯させ〟た〝雄大な散文詩〟（山本太郎『白秋めぐり』）であるが、その中に、船内で親しくなった老紳士が白秋のことをこんなふうに言っていたという吉植の台詞がある。

君のことをまるでやんちゃの赤ん坊だ。あれでなくちゃ詩も歌もできまいと。

こんなエピソードもある（「小田原へ」大七）。腹膜炎を患い、腹が膨れて病臥している友人を〝温かそうなメリヤスの長襦袢〟を買って見舞い、〝私も早速ズボンをはづして腹を出して見る。俺の腹の方がズット大きい。「何だそれ位か」と云ったら、章子も見舞に来てゐた光川も声を出して笑ふ〟。

両親の家を訪れての夕食では、気弱になっている父母を気づかい、〝沢山食べると非常に喜ばれるので、なんでもかんでもムヤミに食べる。おしまひには父上の皿にも母上の皿にも箸をつけて食べて了ふ。ほんとにお前はいつまでも子供だらうねえと笑はれる〟。

高村光太郎は、白秋のことを〝巨大に成長し微細に鍛錬せられた稀代の童子〟、〝百パーセントの童心〟と言い、斎藤茂吉は、〝富士はうぶで、秀麗で、処女の乳房で、（中略）白秋君の芸術はいかにしても富士の秀麗である〟と言っている。

白秋は、童心を通して、〝真の自然と渾融〟することを希求したが、それは簡単なことではない。

生まれもった性情はもちろんのこと、恵まれた幼少期がもたらしたものも大きかったと思われる。しかし、いつかは帰りたかったであろう生家を失い、一度手にした文学界での栄光を失い、貧窮と孤独にさいなまれながらも、童心を失わなかったことが、白秋の偉大さなのである。

白秋の童心のよりどころとなったもののひとつに、母への思いがあったと思う。

「わが生ひたち」に、〝武士的な正義と信実とを尊ぶ清らかな母〟と記されている母、しけ。文学を志し上京する息子を助け、家が破産したあとも、息子に小判を送り続けた。

白秋は、三崎から帰京した時、麻布に住んでいた両親と一時同居したことがあるが、その時に次のような短歌を詠んでいる。

垂乳根の母にかしづき麻布やま詣でに来れば童《わらはべ》のごと

揺れほそる母の寝息の耳につきて背《そが》ひには向けど恋し我が母よ

垂乳根のふかきためいき今もなほ耳にのこれり街はゆけども

日暮るれば童《わらべ》ごころのつくものかなにがな恋し母のふところ

急に涙が流れ落ちたり母上に裾からそっと布団をたたかれ

五首目の歌には、次のような詞書が添えられている。

酔ひ疲れ帰りし我を、（中略）酔うたらば早うやすめと、かき抱き枕あてがひ、衾《ふすま》かけ足をくるみて、裾おさへかろくたたかす、裾おさへかろくたたかす、垂乳根の母を思へば泣かざらめやも

布団をとんとんとたたきながら口ずさむ母の子守唄は身に沁みたことだろう。本格的に童謡をつくり始めたころ、多くの童謡論も著しているが、「童謡私観」（大十二）の中に、次のような一節がある。

子守唄のしらべから、初めて幼児は人の世に夢みる事のうれしさを知る。さうして詩を知り、音楽を知る。いかに年老い、他郷に流離するとも、忘れが

たきは此の二つなき生みの母親の子守唄と恩愛とでなくて何であらう。

同じ時期、「母の手習」という随筆では、母が手習を始め、隆吉、鉄雄、家子、義雄と自分の子供の名前ばかり繰り返し練習している、という話を末弟の義雄から聞き、

あまりに勿体なさすぎる。わたしはそれをきくと眼がしらが急に熱くなって来た。もう六十も越してわたしたちの母は机に向ひ筆をとって、たどたどとその子の名を書いて、綴って習はうといふのである。

と書いている。

白秋の童謡には〝母〟が多く登場しており、「この道」にも〝お母さまと馬車で行ったよ〟とあるが、雑誌「コドモノクニ」に寄稿した「アメフリ」に出てくる〝母さん〟も印象深い。

## 雨ふり

雨雨、ふれふれ、母さんが
蛇の目でおむかひうれしいな。
　ピッチピッチ　チャップチャップ
　ランランラン。

かけましょ、鞄を母さんの
あとからゆこゆこ鐘が鳴る。
　ピッチピッチ　チャップチャップ
　ランランラン。

あらあら、あの子はずぶぬれだ
柳の根方で泣いてゐる。

ピッチピッチ　チャップチャップ
ランランラン。

母さん、僕のを貸しましょか、
君君この傘さしたまへ。
ピッチピッチ　チャップチャップ
ランランラン。

僕ならいいんだ、母さんの
大きな蛇の目にはいつてく。
ピッチピッチ　チャップチャップ
ランランラン。

「この道」が収められている『月と胡桃』には「お母さま」という童謡がある。

白秋の母への思いがつまった詩である。

## お母さま

お母さまはよい方《かた》、
お月さまよ、みんなの。
お母さまはひとりよ、
たった世界にひとりよ。
お母さまは木蓮、
白い気高い木蓮。

お母さまはやさしい、
霧雨《きりあめ》のやうにやさしい。

お母さまはせつない、
乾草《ほしぐさ》のやうにせつない。

お母さまはあつたかい、
鸛《こふのとり》のやうにあつたかい。

お母さまはうれしい、
国旗《こくき》のやうにうれしい。

お母さまはこひしい、
お空のやうにこひしい。

お母さまはよい方、
ほんとうにいつもよい方。

# 二　言葉へのこだわり

白秋は、〝言葉の魔術師〟と言われる。

白秋自身は、歌集『雀の卵』の「大序」の中で次のように語っている。

歌は言葉を以て表現せねばならぬ芸術である故、第一に大切なのは言葉の吟味と云ふ事であると思ってゐる。（中略）如何なる場合にもその一点に於て動きの取れないといふ言葉はただ一つしか無い。それがなかなか手に入り難いので苦しむのである。

「短歌と本格」（昭五）ではこう言う。

日本のことばは実に豊富で優麗であります。日本の言葉の一つ一つを味はひ、その一つ一つの音を調べて見ると、一つの言葉に含まれてゐる、にほひとか、色とか、陰影とかが味はひつくせない程であります。

白秋は、どのような思いで言葉を紡いでいったのか、みてみたいと思う。

白秋を師と仰ぎ見ていたというまど・みちおは、『孔子廟』の擬音語」という文章の中で、次のように語っている。

私はその擬音語に身ぶるいしたのです。

孔子廟

あかい御門に色瓦《いろがはら》、
ここは台南《たいなん》、孔子廟《こうしべう》、
雨がふります、はねてます。
　テン、テン、ピン、
チャウ、ポン。

あかい柱に角《かく》の屋根、
誰も来ませぬ、ひるすぎは、
雨がふります、はねてます。
　テン、テン、ピン、
　チャウ、ポン。

（後略）

「チャウ」などという言葉はこの世のどこにもありませんが、（中略）テンテンと降ってピンと飛び散り、チャウと脹らんでポンとはじけ散る雨の演技の迫真性が自然の法則そのものの視聴覚化のように思えました。つまり宇宙を舞台にして永遠が演じられているように思えたのです。

「雨ふり」の〝ピッチピッチ　チャップチャップ　ランランラン〟をはじめとして、白秋は、詩、とりわけ童謡の中で、擬音語を多く用いている。

白秋の詩作をたどっていくと、明治四十年（一九〇七年）、「明星」に発表した「五足の靴」の旅の詩「角を吹け」「艣《ろ》を抜けよ」などに連なって、次のような作品がある。

乱れ織

わが織るは、
火の無花果《いちじゅく》を綴《つゞ》りたる
花哆囉呢《はなとろめん》の猩々緋《しょうじょうひ》。
　　とん、とん、はたり。

さればこそ
絶えず梭《をさ》燃え、乱れうつ
火の無花果の百済琴《くだらごと》。
　　とん、とん、はたり。

（後略）

翌年、「中央公論」に発表した詩の中には、次のようなものもある。

夏の夜の舟

虫啼ける。

りんりんすりりりん……　りんりんすりりりん……

あはれわが小舟《をぶね》ぞくだる。
疵《きず》つけるわかうどの舟。

りんりんすりりりん……　りんりんすりりりん……

（後略）

これらの詩は、『邪宗門』には収められておらず、のちに昭和五年（一九三〇年）アルスから『白秋全集』を発行する際に、白秋自らの編成によりまとめられた「第二邪宗門」の中に収録されている。

〝時代を劃するほどの処女詩集でなければ世に問ふものではない〟との思いで、新しい象徴詩を打ち出そうとした『邪宗門』にはふさわしくなかったのかもしれないが、詩の連の終わりに擬音語を効果的に使い、それを繰り返していくという形を詩作の初期に創り出していたことには、大いに注目したいと思う。

白秋自身が、〝『思ひ出』こそは今日の私の童謡の本源を成したものだと云い得る〟と言明しているとおり、『思ひ出』には音楽性の高い作品が多い。

金の入日に繻子の黒

金の入日に繻子《しゅす》の黒――
黒い喪服を身につけて、

いとつつましうひとはゆく。
海のあなたの故郷《ふるさと》は今日も入日のさみしかろ。
夏のゆく日の東京に
茴香艸《うゐきやうさう》の花つけて淡い粉ふるこのごろを、
ほんに品《しな》よきかの国のわかい王《キング》もさみしかろ。
心ままなる歌《うた》ひ女《め》のエロル夫人もさみしかろ。

（後略）

## 骨牌の女王の手に持てる花

わかい女王《クイン》の手にもてる
黄なる小花ぞゆかしけれ。
なにか知らねど、蕋《しべ》赤きかの草花のかばいろは
阿留加里《アルカリ》をもて色変へし愁《うれひ》の華《はな》か、なぐさめか、
ゆめの光に咲きいでて消ゆるつかれか、なつかしや。

（後略）

## 小児と娘

小児《こども》ごころのあやしさは
白い子猫の爪かいな。
昼はひねもす、乳酪《にゅうらく》の匙《さじ》にまみれて、飛び超えて、
卓子《てえぶる》の上、椅子の上、ちんからころりと騒げども、騒げども、
流石《さすが》、寝室《ねべや》に瓦斯の火のシンと鳴る夜は気が滅入ろ……
いつか殺したいたいけな青い小鳥の翅《はね》の音。

（後略）

## たそがれどき

たそがれどきはけうとやな、
傀儡師《くぐつまはし》の手に踊る

華魁《おいらん》の首生《なま》じろく、
かつくかつくと目が動く……

たそがれどきはけうとやな、
瀉に堕《おと》した黒猫の
足音もなく帰るころ、
人霊もゆく、家《や》の上を。

（後略）

## 初恋

薄らあかりにあかあかと
踊るその子はただひとり。
薄らあかりに涙して
消ゆるその子もただひとり。

薄らあかりに、おもひでに、
踊るそのひと、そのひとり。

カステラ

カステラの縁《ふち》の渋さよな、
褐色《かばいろ》の渋さよな、
粉《こな》のこぼれが眼について、
ほろほろと泣かるる。
まあ、何とせう、
赤い夕日に、うしろ向いて
ひとり植ゑた石竹。

青いソフトに

青いソフトにふる雪は

過ぎしその手か、ささやきか、
酒か、薄荷《はっか》か、いつのまに
消ゆる涙か、なつかしや。

春のめざめ

JOHN, JOHN, TONKA JOHN,
油屋の JOHN, 酒屋の JOHN, 古問屋《ふつどいや》の JOHN,
我儘で派手好きな YOKARAKA JOHN.
〝SORI-BATTEN!〟

南風《はえ》が吹けば菜の花畑のあかるい空に、
真赤《まっか》な真赤な朱《しゅ》のやうな MEN が
大きな朱の凧《たこ》が自家《うち》から揚る。
〝SORI-BATTEN!〟

曼珠沙華

GONSHAN. GONSHAN. 何処《どこ》へゆく、
赤い、御墓の曼珠沙華《ひがんばな》
曼珠沙華《ひがんばな》、
けふも手折りに来たわいな。

GONSHAN. GONSHAN. 何本か、
地には七本、血のやうに、
血のやうに、
ちやうど、あの児の年の数《かず》。
GONSHAN. GONSHAN. 気をつけな。

（後略）

ひとつ摘んでも、日は真昼、
日は真昼、
ひとつあとからまたひらく。

GONSHAN. GONSHAN. 何故《なし》泣くろ、
何時《いつ》まで取つても、曼珠沙華《ひがんばな》、
曼珠沙華、
恐《こな》や、赤しや、まだ七つ。

『思ひ出』の序文「わが生ひたち」には、たくさんの歌が出てくる。母や乳母が歌う子守唄、家の酒倉で杜氏たちが歌う〝酛《もと》すり唄〟、舟舞台で奏でられる囃子、旅役者たちの芝居を喧伝する笛や太鼓や喇叭、街に流れる三味線の義太夫。そして、〝軟かみのある語韻の九州には珍しいほど京都風なのに阿蘭陀訛の溶《とろ》け込んだ〟柳河の言葉の語感。そうしたものが、言葉のもつ「音」というものに対する鋭敏な感受性を育んでいったと考えられる。

『東京景物詩及其他』には、〝私の後来の新俗謡詩は凡てこの一篇に萌芽して、広く且つ複雑に進展して行った〟（「雪と花火余言」大五）と言う「片恋」がある。

片恋

あかしやの金《きん》と赤とがちるぞえな。
かはたれの秋の光にちるぞえな。
片恋《かたこひ》の薄着《うすぎ》のねるのわがうれひ
「曳舟《ひきふね》」の水のほとりをゆくころを。
やはらかな君が吐息のちるぞえな。
あかしやの金と赤とがちるぞえな。

## かるい背広を

かるい背広を身につけて、
今宵またゆく都川、
恋か、ねたみか、吊橋の
瓦斯の薄黄が気にかかる。

## 金と青との

金と青との愁夜曲《ノクチュルヌ》、
春と夏との二声楽《ドウエット》、
わかい東京に江戸の唄、
陰影《かげ》と光のわがこころ。

## 夜ふる雪

蛇目の傘にふる雪は
むらさきうすくふりしきる。
空を仰げば松の葉に
忍びがへしにふりしきる。
酒に酔うたる足もとの
薄い光にふりしきる。
拍子木をうつはね幕の
遠いこころにふりしきる。

思ひなしかは知らねども
見えぬあなたもふりしきる。

（後略）

〝桐の花事件〟のあと、『真珠抄』では、〝短唱〟という形をつくり出す。

滴《したた》るものは日のしづく静かにたまる眼《め》の涙

珍しや寂しや人間のつく息

鳥のまねして飛ばばやな光の雨にぬればやな

とめどなや風がれうらんとながるる

白秋自身が〝生涯中最も重要なる一転機〟と言っている三崎での生活は、明るい太陽の光に満ち、改めて自然の力強さを感じさせるとともに、海や畑で働く人々が口ずさむ唄や祭りの唄といった生活に根ざした歌を、身に沁みこませた。そして、ここで初めて歌うための歌詞としての詩「城ヶ島の雨」が誕生することとなる。（三九頁参照）

極貧の葛飾時代を経て、「赤い鳥」創刊により、たくさんの童謡を世に送り出してゆく。さまざまな童謡論の中で説いているように、白秋は童謡を子どもたちのための「詩」としてつくっている。したがって、曲をつけて歌うことを前提にしてつくってはいない。しかし、「赤い鳥」が曲譜を載せるようになると、白秋の童謡には次々と曲がつけられていった。

藤田圭雄の「白秋童謡と作曲」によると、「赤い鳥」に掲載された総計百八十八曲の楽譜のうち、百五十五曲が白秋の童謡に作曲されたものである。また、白秋の童謡で三人以上が曲をつけているものは、四十七篇にも及ぶ。山田耕筰、中山晋平、成田為三、弘田竜太郎、団伊玖磨らの作曲家たちが競い合うように曲をつけている。
白秋の詩のもつ音楽性が、多くの音楽家たちを惹きつけたのである。

## ちんちん千鳥

ちんちん千鳥の啼《な》く夜さは、
啼く夜さは、
硝子戸《がらすど》しめてもまだ寒い、
まだ寒い。

ちんちん千鳥の啼く声は、
啼く声は、
燈《あかり》を消してもまだ消えぬ、
まだ消えぬ。

ちんちん千鳥は親無いか、
親無いか、
夜風に吹かれて川の上、
川の上。

ちんちん千鳥よ、お寝《よ》らぬか、
お寝らぬか、
夜明の明星が早《は》や白《しら》む、
早や白む。

かやの木山《きやま》の
かやの木山の
かやの実は、

いつかこぼれて、
ひろはれて。

山家《やまが》のお婆《ば》さは
ゐろり端《ばた》、
粗朶《そだ》たき、柴《しば》たき、
燈《あかり》つけ。

かやの実、かやの実、
それ、爆《は》ぜた。
今夜も雨だろ、
もう寝《ね》よよ。

お猿が啼《な》くだで

早《は》よお眠《ね》よ。

## 砂山

海は荒海、
向《むか》うは佐渡よ、
すずめ啼け啼け、もう日はくれた。
みんな呼べ呼べ、お星さま出たぞ。

暮れりゃ、砂山、
汐鳴《しほな》りばかり、
すずめちりぢり、また風荒れる。
みんなちりぢり、もう誰も見えぬ。

かへろかへろよ、

茱萸原《ぐみはら》わけて、
　すずめさよなら、さよなら、あした。
　海よさよなら、さよなら、あした。

童謡を創作する一方で、過去に作った詩歌の中で民謡風、小唄風のものを集めた『白秋小唄集』を刊行したあと、雑誌「大観」に「民謡三百章」を発表し、『日本の笛』としてまとめている。序文「民謡私論」で説明しているように、かつて白秋が生活し見聞きした土地の風土や人情を、そこに生きる人々の言葉で、人々が自然にうたう、そんな民謡を数多くつくっている。

## 鮪組

南風《はえ》だ、船出だ、
鮪漁だ、組だ。
　えいそら、〳〵。

ただこの意気だぞ、
裸でやっつけ。
今に鮪の
富士の山。
えいそら、〳〵。

（後略）

筑後柳河

筑後、柳河、
柳に燕《ツバサ》、
水にゃ鳰鳥《ケエツグリ》、
かきつばた。

「鳰鳥《ケエツグリ》の頭に火ん点《ち》いた、
潜《す》んだと思つたら、けえ消えた。
よか、よか。」

（後略）

さらに、静岡鉄道（株）の依頼による「ちゃっきり節」に端を発し、「松島音頭」、「唐津小唄」といった地方民謡や、校歌、社歌なども手掛けていくのである。

ちやつきり節

唄は　ちやつきりぶし、男は次郎長、
花はたちばな、
夏はたちばな、茶のかをり。
ちやつきり〳〵、ちやつきりよ、

きゃァるが啼くんで雨づらよ。

（後略）

白秋の童謡に「五十音」というのがある。

五十音

水馬《あめんぼ》赤いな。ア、イ、ウ、エ、オ。
浮藻に小蝦《こえび》もおよいでる。

柿の木、栗の木、カ、キ、ク、ケ、コ。
啄木鳥こつこつ、枯れけやき。

大角豆《さゝげ》に醋《す》をかけ、サ、シ、ス、セ、ソ。
その魚浅瀬で刺しました。

立ちましょ、喇叭で、タ、チ、ツ、テ、ト。
トテトテタツタと飛び立った。

（後略）

この詩について、白秋は、「童謡私鈔」（大十二）の中で、〝音の本質―その一々の含むところの色声味香触を、五十音の各行に亘っておのづと歌ひ乍らに味得せしめようとして〟つくったものであると解説している。現在でも、アナウンサーがこの詩を音読することによって発音の練習をしているのを聞くことがあるが、北原白秋の作と知っている人は少ないのではないだろうか。

「蓮の花」という童謡には興味深い注釈が付いている。

蓮の花

蓮の花見は

夜あけごろ、
　ぽつ、
　ぽつ、
　ぽつ、
　ぽつ、
音がする。
お城の蓮濠《はすぼり》目がさめる。
　ぽつ、
　ぽつ、
　ぽつ、
　ぽつ、
夜があける。

蓮見にゆくのはまだ暗い。
今夜は早よ寝て、早起きよ。
　ぽっ、
　ぽっ、
　ぽっ、
　ぽっ、
目をさまそ。

　注意。「ぽっ」は軽く、「ぽ」は「ぼ」と「ぱ」の間の音、「っ」はあるかなしかに含ませる。蓮の花の開く気もちで。

「童謡私鈔」の中で、次のように述べている。

音の連鎖たる言葉の種々相が人間感情の唯一の象徴的表現である限り、音の一々はその根本を為すものである事を真に尊しとせねばならない。此の音の一つより詩も生るるのである。

言葉の一つ一つの「音」を大切にすることによって、日本語の特性である五音、七音の流麗さはもちろんのこと、うたうようなリフレインや絶妙な擬音語と相俟って、音楽性の高い詩が生み出されていったのである。

こうしたことを踏まえつつ、ここからは、前章に続く白秋の生涯をたどりながら、「言葉」とどのように向き合っていったのか探究してみたい。

大正十一年（一九二二年）、作曲家山田耕筰とともに発刊した「詩と音楽」の創刊号に発表した詩論「芸術の円光」の中で、次のように述べている。

云ふまでもなく詩の表現は一に言葉を以てする。この言葉の芸術たる、就中その精髄たる詩はその言葉を以て他の音の芸術、色の芸術、その他と相対峙してそれ自身特殊の美にして、聖なる不可侵境を創造する。芸術が個性の完美なる表現にあるならば、詩は言葉を以てする個性の完美なる表現であらねばならぬ。（中略）言葉はその気息のまゝに、句は、聯は生きたさながらの韻律に顫はして初めて香気あり香炎ある詩の創造がなる。（中略）詩の言葉は実に実に節約すべきである。実に実に愛惜すべきである。（中略）詩に真の必須なるものは気品であり香気であり、韻律の至妙至美である。

ここに、「言葉」に対する白秋の基本的な考え方があらわれている。

この前年につくられたのが、「落葉松」である。その注には、〝落葉松の幽かなる、その風のこまかにさびしくものあはれなる、ただ心より心へと伝うべし。またた知らん。その風のそのささやきは、またわが心のささやきなるを。〟とし、〝ただ韻《ひびき》を韻とし、匂いを匂いとせよ。〟と記されている。

# 落葉松

一

からまつの林を過ぎて、
からまつをしみじみと見き。
からまつはさびしかりけり。
たびゆくはさびしかりけり。

二

からまつの林を出でて、
からまつの林に入りぬ。

からまつの林に入りて
また細く道はつづけり。

三

からまつの林の奥も
わが通る道はありけり。
霧雨のかかる道なり。
山風のかよふ道なり。

四

からまつの林の道は
われのみか、ひともかよひぬ。

ほそぼそと通ふ道なり。
さびさびといそぐ道なり。

五

からまつの林を過ぎて、
ゆゑしらず歩みひそめつ。
からまつはさびしかりけり、
からまつとささやきにけり。

六

からまつの林を出でて、
浅間嶺《あさまね》にけぶり立つ見つ。

浅間嶺にけぶり立つ見つ。
からまつのまたそのうへに。

七

からまつの林の雨は
さびしけどいよよしづけし。
かんこ鳥鳴けるのみなる。
からまつの濡るるのみなる。

八

世の中よ、あはれなりけり。
常なけどうれしかりけり。

山川に山がはの音、
からまつにからまつのかぜ。

この「落葉松」をはじめ、「雪に立つ竹」「月光微韻」などの詩を収めた『水墨集』を刊行し、多くの童謡や民謡も発表する一方、大正十三年（一九二四年）、歌誌「日光」を創刊する。同人は、前田夕暮、土岐善麿、木下利玄、吉植庄亮、古泉千樫、釈沼空らであった。巻末の「日光室」には、〝因循と因陋とを排して、凡てが新進の意気でやってゆきたいものである。凡てが親密で、温情で、尊敬為合つて、而も芸術に対してはひたぶるの熱情でもつて進んでゆきたいと思ふ。〟とある。編輯は同人が交代で行い、「日光」は、五年間（全三十七冊）続いた。

「日光」に寄稿した詩文「季節の窻」では、次のように語っている。

上古に三十一文字の短歌が初めて成つたのも、必然的のものであつたにちがひない。語格とか、韻律の上から、最も日本人の感情を歌ひ上げるに適合した。（中略）日本の歌には句と句、語と語の間に陰があり、香気がからみ、音律が即かず離れず漂うてゐる。

この時期の短歌は、歌集としては未刊であったが、白秋の没後、木俣修の編纂により、『風隠集』『海阪《うなさか》』として刊行された。「木兎《みみずく》の家」のある小田原のほか、信州や箱根、印旛沼、樺太、北海道などの旅先での歌も多い。

目にたちて黄なる蕋《しべ》までいくつ明《あか》る白菊の乱れ今朝まだ冷たき

うつつなく頭《つむり》揺りをるうしろ影わが子ぞと見つつ息もつきあへず

地震《なゐ》の間も光しづけき秋の日に芙蓉の花は震ひつづけつ

山川のみ冬の瀞《とろ》に影ひたす椿は厚し花ごもりつつ

夏、夏、夏、露西亜ざかひの黄の蕋《しべ》の花じやがいもの大ぶりの雨

大正十五年（一九二六年）五月、小田原生活を切り上げ上京、谷中天王寺に転居する。詩誌「近代風景」をアルスより創刊し、その中の詩文「朝は呼ぶ」では次のように書いている。

五音七音の組み合わせに於て、単に古しと為し自由ならずと為るのもあまりに行き届かぬ見方である。五音、七音、細別すれば三と二の音の微妙な連鎖或は渾融関係の重大なことは日本語脈の持つ必然の発想法だからである。（中略）要はその内容に相応した形式を真に自ら選び、或は創造したか如何である。内容が形式を生み、形式が内容を生かし得たかである。

そして、時代は「昭和」となった。白秋は『海豹と雲』の詩を発表するととも

に、童謡集『二重虹』『象の子』や詩論集『芸術の円光』を刊行、各地で児童自由詩の講演を行うなど精力的に活動している。

## 水上

水上《みなかみ》は思ふべきかな。
苔清水湧きしたたり、
日の光透きしたたり、
橿《かし》、馬酔木《あしび》、枝さし蔽ひ、
鏡葉《かがみは》の湯津真椿《ゆづまつばき》の真洞《まはら》なす
水上は思ふべきかな。

水上は思ふべきかな。
山の気の神処《こころど》の澄み、
岩が根の言問《ことと》ひ止み、

かいかがむ荒素膚《あらすはだ》の
荒魂《あらみたま》の神魂《かみむす》び、神つどへる
水上は思ふべきかな。

（後略）

『海豹と雲』の「後記」では、次のように述べている。

一音の言葉にも広大の宇宙がある。（中略）一音の中の微塵数の原子の持つ生命力とは何か。この一原子ごとに宿る生命は詩人の気稟、思想、感覚、及び心肉に氾濫する意力と感動の速度、調律の如何によつて、初めて種種雑多の形式に於て統合され、円融され、開顕されるのである。詩人の精神はその摂取する一語一音の中にあつて、すでにかの花粉のごとく玉露のごとく、芬芬として離離として発光してゐるのである。

昭和三年（一九二八年）七月、柳河を訪れる機会を得る。白秋、四十三歳、二十年ぶりの帰郷である。しかも、大阪朝日新聞の依嘱で、旅客機ドルニエ・メルクールに乗り、空から帰郷したのであった。新聞に連載した「柳河へ柳河へ」には、熱烈な歓迎を受けて、妻子を伴い柳河へ戻ってくることができた喜びと感謝が、初めて飛行機に乗った興奮とともに、生き生きと綴られている。

翌年、「明治大正詩史概観」を発表。『白秋全集』（全十八巻）の刊行が始まる。谷中天王寺から、馬込緑ヶ丘、世田谷、砧村へと居を移しながら、満鉄の招きによる満蒙旅行をはじめ、民謡や校歌などの依頼によるものも含めて、伊勢、奈良、福岡、信州、岐阜、福島など多くの地を旅する。童謡や詩文などとともに、歌集『白南風《しらはえ》』『夢殿』に収められる短歌を発表していく。

光発《さ》しその清《すが》しさはかぎりなし朴《ほほ》は木高《こだか》く白き花群《はなむら》

白南風《しらはえ》の光葉《てりは》の野薔薇過ぎにけりかはづのこゑも田にしめりつつ

興安嶺くだりつくして野は曠し赤き落日《いりひ》に汽車はま向ふ

山茶花の朝露ゆゑに傍《かたへ》行く鹿《か》の子の斑毛《まだら》いつくしく見ゆ

菫咲く春は夢殿日おもてを石段《いしきだ》の目に乾く埴土《はにつち》

台湾総督府の招きにより、台湾も巡歴している。

昭和十年（一九三五年）には、山田耕筰らの発起で、白秋生誕五十年を記念する「白秋を歌ふ夕」が日比谷公会堂で開催され、藤原義江ら日本を代表する声楽家が多数出演した。

そして、この年、白秋は「多磨短歌会」を創設し、歌誌「多磨」を創刊する。

「多磨宣言」で

多磨短歌会創立の真意と為すもの、常に日本短歌の本流にあつて、この定型の精神と伝統とを継承し、更に近代の感覚と知性とにより、万づ現当に処し、その光輝ある未来の進展を思念し実現せむとするにあり。

と言い、のちに歌集『渓流唱《けいりゆうしよう》』『橡《つるばみ》』にまとめられる短歌を掲載していく。

行く水の目にとどまらぬ青水沫《あをみなわ》鶺鴒の尾は触れにたりけり

春昼《しゆんちゆう》の雨ふりこぼす薄ら雲ややありて明る牡丹の花びら

合歓《ねむ》の花匂へる見ればおもほへてまだ女童《めわらは》のをさな髪《かう》ぎは

桔梗《きちかう》はひと花ながら傍《わき》歩《あり》く雀の素足すずしくかろし

色にいでて匂《にほひ》やかなる夕光《ゆふかげ》は落葉松《からまつ》のもみぢ火照《ほで》りするなり

これまで、短歌を〝一箇の小さい緑の古宝玉〟（「桐の花とカステラ」明四十三）として大切にし、〝変るだけは変り、殻を脱ぐだけは脱ぎ、何もかも思ふさまにやつて見た末に、全くの不自由形だと思はれさうな定型に真のすばらしい自由がある〟（「谷中の秋」大十五）という心境に至っていた。

「多磨」では、毎号、短歌の選評、添削指導を行っており（のちに『鑕《かなしき》』として出版）、辞書にない言葉を造ることは慎むこと、事象の説明だけに陥らず、さらに、言葉の意味だけでなく、音やリズムをよく吟味することなどを丁寧に説いている。

白秋が「多磨」で目指したものは「多磨宣言」の次の一節に端的に顕れている。

直観と余情、簡朴と幽玄、古典と新風、之等の一見矛盾を感じる包容相に於いて、我等は交々胎蔵し、又隠約せむとす。

これに先立ち、「作歌の体験」（昭六）では次のように述べている。

詩歌を味読するには、その語の持つ色、香ひ、光沢、手触り、味ひ、響に全感覚を凝らし、意味以外の、より以上の微妙な内律に耳を傾くべきである。（中略）推敲する場合は、句と句の移り、語勢といふものばかりでなく、一音一音の持つ色、香ひ、ふくらみ、細み、手触り等は勿論、極めて微かなその連鎖、渾融の点までを心頭で感覚し、調楽しなければならぬのである。

これらの文章は、のちに、白秋の歌論の集大成である『短歌の書』（昭十七）に収められるが、その中の「短歌本質論」（昭七）には次のような一節があり、白秋がどのような思いで「言葉」と向き合っていたのかがよくわかる。

言葉は本質の顕現であって、粉飾の用ではない。言葉の芸術である詩歌の正しい技巧は、内容さながら、気息さながらの表現にまで、言葉を選び、句々を練り、調律を整へることである。

「多磨短歌会」は全国に会員を有し、京都、大阪、新潟、福岡など、次々に支部が形成されていった。主宰である白秋は、「多磨」における選歌、選評はもちろんのこと、全国短歌会や吟行会を催し、招かれて支部の歌会に出席するなど多忙な日々を送っている。

一方、「赤い鳥」や「綴り方倶楽部」で、児童自由詩の選評を続けており、温かな語り口の中にも、子供たちに豊かな詩の心を育んでもらいたいという強い意欲が感じられる。

昭和十二年（一九三七年）、改造社が『新万葉集』の編纂を企画。明治、大正、昭和の歌人たちの短歌と一般公募の短歌の中から秀歌を選びまとめようというものので、与謝野晶子、斎藤茂吉、佐佐木信綱らとともに十人の選者の中に白秋も加わった。

「新万葉集に就いて」では、企画の意義を認め、慎重に、公平に、集中して審査にあたりたいと意気込みながら、〝此の古典の短歌型の光輝ある照明は、或は我々の時代かぎりではなからうかと思ふのである。（中略）時代の言葉は急テムポで変移しつつあり、色相は精神は刻々にその脚光を翻しつつある。〟とも、述べている。

コロムビア・レコードの依頼により、自作の詩を朗読し録音しており、付録の「自詩の朗読について」で次のように記している。

詩はそれ自身に音楽されている。で、最も微妙な鑑賞の為方は黙読するに如くことはない。しかしながら詩にも朗詠、或は朗読に適したものはいくらでもある。（中略）詩はその作者自身に朗読されることが、最も正しく、その本質を闡《せん》明される。

この年の九月頃から視力に異状を感じていたが、『新万葉集』の選歌に専念し、四十万首にも及ぶ短歌の審査を完了した十一月、専門医を受診したところ、眼底出血と診断され、腎臓病と糖尿病を併発しており、即刻入院することとなった。

これまで、随筆には、ひと月のうち半分を徹夜した、というような記述がたびたび出てくる。長い年月、からだを、とりわけ眼を酷使したことがたたったものと思われる。

六十日間の入院生活について、「多磨」の「雑纂」では、〝私は何事にまれ、また如何なる境遇に置かれてもうれしいのである。ものめづらしく、すべてを新しく感じ、すべてに随順することがかぎりなく詩美を感じ、真実を尊く受けとれ得る。〟と言い、〝気持ちだけはいつも明朗〟だと言っているが、すべてのものが霞がかかったように見え、読書と執筆を禁じられた生活は、相当に苦しかったにちがいない。

退院後に発表した「薄明に坐す」では、次のように述べている。

私のこの眼は私の肉体感覚のうちで最も豊富に光度と色彩と形象とを吸収し、鋭く磨きに磨き上げて来た最も大事なものであり、全く私の精神の窻であった。（中略）たとひ失明するにしても研磨された視覚の記憶は何時でも私を外光と色彩の世界に呼び返して呉れる。それよりも尚、嘗て不可見とした視界が内観に因って開け、聴覚も亦昨日とは変った音律と階調とを以て私を私の最も高い境涯の空に響かして呉れるであろう。

こののち、視力は回復することはなく、病状は一進一退で、「口述筆記」「家人清書」という木印を作らせ、妻菊子や秘書たちに助けられながら創作を続けていく。

昭和十四年（一九三九年）、交声曲詩篇「海道東征」と長唄「元寇」を完成。

これらは紀元二千六百年奉祝のため日本文化中央聯盟より依嘱されたもので、それぞれ信時《のぶとき》潔と稀音家《きねや》浄観が作曲し、大々的に演奏された。

各方面からの作詩の依頼は多く、眼の悪い自分は〝耳のまはるような忙しさだ〟などと言いながら、「多磨」の全国大会や東北大会に出席し、吟行を兼ねて、砧小学校で「多磨」の運動会を開催して楽しんだりもしている。

昭和十五年（一九四〇年）、第十歌集『黒檜《くろひ》』を刊行。

照る月の冷《ひえ》さだかなるあかり戸に眼は凝《こ》らしつつ盲《し》ひてゆくなり

月読《つきよみ》は光澄みつつ外《と》に坐《ま》せりかく思ふ我や水の如《ごと》かる

春蘭のかをる葉叢《はむら》に指《およ》び入れ象《かたち》ある花にひた触れむとす

水ぐるま春めく聴けば一方《ひとかた》にのる瀬の音もかがやくごとし

ほのあかき朱鷺《とき》の白羽の香の蘊《つつ》み牡丹ぞと思ふ花は闌《た》けつつ

眼に触りてしろく匂ふは夏薔薇の揺りやはらかき空気なるらし

火のごとや夏は木高《こだか》く咲きのぼるのうぜんかづらありと思はむ

霜下《お》りて近くなりたる冬山を鶩《あとり》の声は繁《しげ》くもぞ来る

黒き檜《ひ》の沈静にして現《うつ》しけき、花をさまりて後《のち》にこそ観め

この頃の心境について、白秋は次のように語っている（「微風のごとく」）。

読書も執筆も全然不可能となった今日でも、私は詩の道に処してかへつて透徹してくる自信を感じます。耳や指頭で見る力は、肉眼のそれよりもより深く、より真実に心裡に喰ひ込んでくる。見なくてすむものはすっかり消され、物象の奥の奥の真生命が私の魂をぢかに震撼させるのです。

昭和十六年（一九四一年）、「海道東征」が「福岡日日新聞」の文化賞を受賞。授賞式のため妻子とともに福岡に赴き、その後、柳河での「多磨」九州大会に出席する。眼疾に加え、足の浮腫が進んで歩くのも不自由な状態であったが、なつかしい郷里で、白秋を敬愛する門人たちに囲まれて過ごした時間は、どんなにか嬉しく、感慨深いものだったことだろう。

大分や宮崎もまわり、帰路には奈良へ寄って、「多磨」近畿大会にも出席している。

島崎藤村、窪田空穂とともに推されて、芸術院会員となる。

自らの創作のほか、詩文を寄せた柳河の写真集『水の構図』の監修をしたり、

「多磨」の四十を超える支部の全国一斉歌会を開催したり、活動は衰えなかったが、身体の負担は甚だしく、年末には一時呼吸困難となり、絶対安静を言い渡された。

明けて昭和十七年（一九四二年）、病状悪化により入院を余儀なくされる。四月からは阿佐ヶ谷の自宅で療養することとなる。

病床でもノートを手離さず、創作を続け、「多磨」に寄稿するほか、のちに『大東亜戦争少国民詩集』に収められる童謡を一気にまとめて発表している。白秋は、これまでにも、『青年日本の歌』（昭七）や『躍進日本の歌』（昭十一）などの歌謡集を刊行しているが、戦争に対する考え方については、後の章でふれたいと思う。

『日本伝承童謡集成』の刊行を企画し、「多磨」の会員にも協力を呼びかけている。全国の各地で昔から歌い継がれてきたわらべ唄や子守唄などを書物にまとめ、後世に遺しておきたいという強い願いからであった。

病状はさらに悪化し、呼吸困難の発作を度々おこすようになる。

阿佐ヶ谷の家では、両親と同居していた。八十三歳の母が脳軟化症で倒れるが、奇蹟的にもち直す。

その容態に一喜一憂しながら、白秋自身は十一月二日の未明、この世を去ったのである。五十七歳であった。

翌年、『黒檜』以後の短歌が木俣修によって編纂された。白秋の最後の歌集『牡丹《ぼたん》の木《ぼく》』である。


牡丹の黒木さしくべゐろりべやほかほかとあらむ冬日おもほゆ

秋の日の白光《びやくくわう》にしも我が澄みて思《おもひ》ふかきは為すなきごとし

山牛蒡実の房しだりそこばくは秋日《あきび》のい照りしづけくなりぬ

帰らなむ筑紫母国《おやぐに》早や待つと今呼ぶ声の雲にこだます

一夜ふりいまだ沁みたる朝庭に日のさすとなく差して冬なり

今ただち止むとふならじ息吐きて枕の下に時計を入れぬ

母坐《ま》さぬいかならむ世かおもほえね月照るしろき辛夷《こぶし》この花

雪柳花ちりそめて吸呑《すひのみ》の蔽ひのガーゼ襞《ひだ》ふえにけり

秋の蚊の耳もとちかくつぶやくにまたとりいでて蚊帳《かや》を吊らしむ

白秋の詩歌は、創作の時期やジャンルによって差はあるものの、豊饒な語彙が特徴であると言われることが多い。

しかし、前述のように

如何なる場合にもその一点に於て動きの取れないといふ言葉はただ一つしか無い。それがなかなか手に入り難いので苦しむのである。

と言い、「短歌本質論」（昭七）でも、

わたくしの推敲は、未熟と虚構と過ぎたる跳躍とに対して、本然の表現、調律、姿態に還元せしむべく、即ち雑色を除き、騒音を清め、あまりに強められたる或る縒りを戻す為のものに外ならなかった。決してより以上に美化し、贅物を之に加へようとする為ではなかった。単純に単純に、簡潔に、その言葉の、句の、在るべくして在るべき位置に、正しく、的確に就かしむる為の反省であり、洗煉であり、労苦でもあった。

と言っているとおり、言葉を節約し、言葉を選びに選んで、詩歌を創り上げているのである。苦心の跡が見えず、楽々と創っているように見えるところが、白秋の詩歌の魅力でもあるのだが。

言葉を選ぶにあたり、重視しているのは、まず、言葉の「音」である。〝一音一音の持つ色、香ひ、ふくらみ、細み、手触り等は勿論、極めて微かなその連鎖、渾融の点までを心頭で感覚し、調楽〟する。

そして、〝意味以外の、より以上の微妙な内律〟を創造する。

そうすることによって、感覚を、感動を、〝気息さながら〟に表現しようとしたのである。

詩歌は言葉の芸術である。

白秋には、言葉を選ぶ天性のセンスがあったが、それに加えて、日本語のすばらしさを熟知し、言葉を選びぬく努力をこつこつと重ねることによって、白秋の稀有な詩歌が生まれたのである。

# 三　詩の香気と気韻

## 1　象徴詩

第一詩集『邪宗門』の前文で、白秋は

詩の生命は暗示にして単なる事象の説明に非ず。かの筆にも言語にも言ひ尽し難き情趣の限なき振動のうちに幽かなる心霊の欷歔をたづね、縹渺たる音楽の愉楽に憧がれて自己観想の悲哀に誇る、これわが象徴の本旨に非ずや。

と記し、次のような作品を掲げている。

邪宗門秘曲

われは思ふ、末世の邪宗、切支丹でうすの魔法。

黒船の加比丹《かひたん》を、紅毛の不可思議国を、
色赤きびいどろを、匂鋭《にほひと》きあんじやべいいる、
南蛮の桟留縞《さんとめじま》を、はた、阿刺吉《あらき》、珍酡《ちんた》の酒を。

（後略）

室内庭園

晩春《おそはる》の室《むろ》の内《うち》、
暮れなやみ、暮れなやみ、噴水《ふきあげ》の水はしたたる……
そのもとにあまりりす赤くほのめき、
やはらかにちらぼへるヘリオトロオプ。
わかき日のなまめきのそのほめき静《しづ》こころなし。

（後略）

## 曇日

曇日《くもりび》の空気のなかに、
狂ひいづる樟《くす》の芽の鬱憂《メランコリア》よ……
そのもとに桐は咲く。
Whisky《ウイスキイ》の香《か》のごときしぶき、かなしみ……

（後略）

## 陰影の瞳

夕《ゆふべ》となればかの思曇硝子《おもひくもりがらす》をぬけいでて、
廃れし園のなほ甘きときめきの香《か》に顫《ふる》へつつ、
はや饐《す》え萎《な》ゆる芙蓉花《ふようくわ》の腐れの紅《あか》きものかげと、
縺《もつ》れてやまぬ秦皮《とねりこ》の陰影にこそひそみしか。

如何に呼べども静まらぬ瞳に絶えず涙して、
帰るともせず、密やかに、はた、果しなく見入りぬる。
そこともわかぬ森かげの鬱憂《メランコリア》の薄闇《うすやみ》に、
ほのかにのこる噴水《ふきあげ》の青きひとすぢ……

白秋が打ち出そうとした「象徴詩」とはどのようなものだったのだろうか。

まず、明治の詩歌史をひもといてみたい。
明治維新は、日本の社会に未曽有の大変動をもたらした。文学の世界にも西洋の荒波が押し寄せ、文学のあり方そのものが模索されていく。
詩歌といえば、それまでは、和歌と俳句、漢詩などであったが、西洋の詩の影響を受け、日本語による長詩を呈示しようと、明治十五年、東京大学の教授三人、外山《とやま》正一、矢田部良吉、井上哲次郎が、『新体詩抄』を刊行した。収録した詩は十九篇で、うち十四篇が翻訳詩である。

グレー氏墳上感懐の詩

山々かすみいりあひの　鐘はなりつゝ野の牛は
徐《しづか》に歩み帰り行く　耕へす人もうちつかれ
やうやく去りて余《われ》ひとり　たそがれ時に残りけり

（後略）

シェークスピール氏ハムレット中の一段

ながらふべきか但し又　ながらふべきに非るか
爰《ここ》が思案のしどころぞ　運命いかにつたなきも
これに堪ふるが大丈夫《ますらを》か　又さはあらで海よりも
深き遺恨に手向うて　之を晴らすがものゝふか

（後略）

創作詩の中には、押韻を試みたものもあった。いずれも習作の域を出ていないが、井上の

夫レ明治ノ歌ハ、明治ノ歌ナルベシ、
古歌ナルベカラズ、日本ノ詩ハ日本ノ詩ナルベシ、
漢詩ナルベカラズ、是レ新体ノ詩ノ作ル所以ナリ

との言葉どおり、近代詩の扉を開いたことは確かである。

明治二十二年、ドイツ留学から帰国した森鷗外が訳詩集『於母影《おもかげ》』を発表する。古語を用いながらも、高踏的な異国情趣を醸し出した詩は、当時の青年詩人たちに大きな影響を与えた。

ミニヨンの歌

「レモン」の木は花さきくらき林の中に
こがね色したる柑子は枝もたわゝにみのり
青く晴れし空よりしづやかに風吹き
「ミルテ」の木はしづかに「ラウレル」の木は高く
くもにそびえて立てる国をしるやかなたへ
君と共にゆかまし

（後略）

オフエリアの歌

いづれを君が恋人と
わきて知るべきすべやある
貝の冠とつく杖と

はける靴とぞしるしなる
かれは死にけり我ひめよ
渠はよみぢへ立ちにけり
かしらの方の苔を見よ
あしの方には石たてり

柩をおほふきぬの色は
高ねの雪と見まがひぬ
涙やどせる花の環は
ぬれたるまゝに葬りぬ

鷗外は、散文の分野でも『舞姫』『うたかたの記』などを発表。坪内逍遥や二葉亭四迷らとともに、近代の自我をもった人間の内面を描いた小説を創作していく。

一方、同じ頃、写生を重んじ、俳句の革新を断行した正岡子規の功績は大きい。俳句は〝文学〟であるとの強い意識のもと、単なる娯楽のようになっていた俳句の価値を高める努力を子規がしなければ、日本固有の短詩である俳句は、今日まで存続しなかったかもしれない。

柿くへば鐘が鳴るなり法隆寺

松山の城を載せたり稲筵《いなむしろ》

夕風や白薔薇の花皆動く

鶏頭の十四五本もありぬべし

糸瓜咲いて痰のつまりし仏かな

明治三十年代に入り、近代詩の世界に新星が現れた。島崎藤村である。

初恋

まだあげ初《そ》めし前髪の
林檎のもとに見えしとき
前にさしたる花櫛《はなぐし》の
花ある君と思ひけり

やさしく白き手をのべて
林檎をわれにあたへしは
薄紅《うすくれなゐ》の秋の実に
人こひ初めしはじめなり

（後略）

『若菜集』は、平易な言葉で青春の哀しみや恋情をみずみずしくうたい上げ、近代抒情詩の黎明を告げたのである。

九州柳河の北原家の Tonka John も、『若菜集』の愛読者のひとりであった。

短歌界では、与謝野晶子が大輪の花を咲かせた。

その子二十《はたち》櫛にながるる黒髪のおごりの春のうつくしきかな

やは肌のあつき血汐にふれも見でさびしからずや道を説く君

なにとなく君に待たるるここちして出でし花野の夕月夜かな

明治三十三年、与謝野寛が新詩社を結成し、雑誌「明星」を創刊すると、寛と晶子が中心となって浪漫主義詩歌を展開する。明治四十一年に終刊するまで、「明星」は、白秋をはじめ、石川啄木、高村光太郎、木下杢太郎、吉井勇ら、多くの詩人、歌人を育てていく。

そして、上田敏が「明星」に発表した訳詩が詩人たちを刮目させた。のちに『海潮音』としてまとめられるそれらの訳詩は、ボードレールやヴェルレーヌなど、大半がフランスのものであり、フランスの頽唐的な雰囲気を燻らせるとともに、「象徴詩」という概念を伝藩させたのである。

破鐘《やれがね》

悲しくもまたあはれなり、冬の夜《よ》の地爐《ゐろり》の下《もと》に
燃えあがり、燃え盡《つ》きにたる柴の火に耳傾けて、
夜霧だつ闇夜の空の寺の鐘、きゝつゝあれば、
過ぎし日のそこはかとなき物思やをら浮びぬ。

（後略）

## 鷺の歌

ほのぐらき黄金隠沼《こがねこもりぬ》、
骨蓬《かうほね》の白くさけるに、
静かなる鷺の羽風《はかぜ》は
徐《おもむろ》に影を落しぬ。

（後略）

## 落葉

秋の日の
ヸオロンの
ためいきの
身にしみて
ひたぶるに

うら悲し。

鐘のおとに
胸ふたぎ
色かへて
涙ぐむ
過ぎし日の
おもひでや。

げにわれは
うらぶれて
こゝかしこ
さだめなく
とび散らふ

落葉《おちば》かな。

『海潮音』の解説の中には、マラルメの文章が引用され、「象徴詩」について次のように記されている。

物象を静観して、これが喚起したる幻想の裡《うち》、自《おのづ》から心象の飛揚する時は「歌」は成る。（中略）物象を明示するは詩興四分の三を没却するものなり。読詩の妙は漸々《ぜんぜん》遅々《ちち》たる推度《すいたく》の裡《うち》に存ず。暗示は即ちこれ幻想に非ずや。這般《しゃはん》幽玄の運用を象徴と名づく。一の心状を示さむが為、徐に物象を喚起し、或は之と逆《さかし》まに、一つの物象を採りて、闡明《せんめい》数番の後、これより一の心状を脱離せしむる事これなり。

明治三十年代後半、詩壇の中心は、薄田泣菫《すすきだきゅうきん》と蒲原有明《かんばらありあけ》であった。泣菫は、藤村やイギリスの詩の影響を受けた忬情詩集『暮笛《ぼてき》集』を発表したのち、詩風は象徴詩へ向かい、『白羊宮《はくようきゅう》』で古典的世界への憧憬をうたい上げた。

ああ大和にしあらましかば

ああ、大和にしあらましかば、
いま神無月、
うは葉散り透く神無備《かみなび》の森の小路《こみち》を、
あかつき露に髪ぬれて往《ゆ》きこそかよへ、
斑鳩《いかるが》へ。平群《へぐり》のおほ野、高草《たかくさ》の
黄金《こがね》の海とゆらゆる日、
塵居《ちりゐ》の窓のうは白《じら》み、日ざしの淡《あは》に、
いにし代《よ》の珍《うづ》の御経《みきやう》の黄金《こがね》文字、
百済緒琴《くだらをごと》に、斎《いは》ひ瓮《べ》に、彩画《だみゑ》の壁に
見ぞ恍《ほ》くる柱がくれのたたずまひ、
常花《とこばな》かざす芸の宮、斎殿深《いみどのふか》に、

焚きくゆる香《か》ぞ、さながらの八塩折《やしほをり》
美酒《うまき》の甕《みか》のまよはしに、
さこそは酔《ゑ》はめ。

（後略）

有明も、浪漫的な詩から象徴詩へ移り、『春鳥集』『有明集』などを刊行し、象徴詩の第一人者となった。

茉莉花

咽《むせ》び嘆かふわが胸の曇り物憂き
紗《しゃ》の帳《とばり》しなめきかかげ、かがやかに、
或日《あるひ》は映る君が面《おも》、媚《こび》の野にさく
阿芙蓉《あふよう》の萎《ぬ》え嬌《なま》めけるその匂ひ。

魂《たま》をも蕩《た》らす私語《さゝめき》に誘はれつつも、
われはまた君を抱《いだ》きて泣くなめり、
極秘の愁《うれひ》、夢のわな、――君が腕《かひな》に、
痛ましきわがただむきはとらはれぬ。

また或宵《あるよひ》は君見えず、生絹《すゞし》の衣《きぬ》の
衣ずれの音《おと》のさやさやすずろかに
ただ伝ふのみ、わが心この時裂けつ、

茉莉花の夜の一室《ひとま》の香《か》のかげに
まじれる君が微笑《ほゝゑ》はわが身の痍《きづ》を
もとめ来て沁みて薫りぬ、貴《あて》にしみらに。

こうした先輩たちからの刺激もあり、〝時代に劃するほどの処女詩集でなければ世に問ふものではない〟との思いで白秋が『邪宗門』を自費出版したのは、明治四十二年であった。

『邪宗門』は、異国情趣をモチーフにした詩が多い。

白秋が生まれ育った柳河は、南蛮文化があふれていたし、明治四十年に与謝野寛、木下杢太郎らと訪れた長崎や天草の情景が、「邪宗門」という発想をもたらしたのであろう。

また、この頃、若い詩人や画家たちが「パンの会」を結成している。隅田川をセーヌ川に見立てその近辺を会場として芸術論をたたかわせる中でフランスの頽唐的な詩風に陶酔し、印象派の画法などにも影響を受けたと思われる。

そして、〝かの筆にも言語にも言い尽し難き情趣の限なき振動のうちに幽かなる心霊の欷歔をたづね、縹渺たる音楽の愉楽に憧がれて自己観想の悲哀に誇る〟象徴詩をつくり出していくが、『邪宗門』の「例言」にある次のような一節に、白秋が目指したものがよくあらわれている。

予が象徴詩は情緒の諧楽と感覚の印象とを主とす。故に、凡て予が拠る所は僅かなれども生れて享け得たる自己の感覚と刺戟苦き神経の悦楽とにして、かの初めより情感の妙なる震慄を無みし只冷かなる思想の概念を求めて強ひて詩を作為するが如きを嫌忌す。（中略）かの内部生活の幽かなる振動のリズムを感じその儘の調律に奏でいでんとする音楽的象徴を専とする

「新しき詩を書かんとする人々に」（明四十三）では、次のように言っている。

我々の心持ちには、単に言葉で云ひ現はすことのできない、いろいろ複雑に入組んだ心持ちがある。（中略）説明をしないで、全体の気分としてその心持ちを伝へたいと思ふ。

第二詩集『思ひ出』の序文でも、

凡ての感覚が新らしい甘藍の葉のやうに生いきと強い香ひを放つてゐる「刹那」の狂ほしい気分のなかに更に力ある人生の意義を見出したい。

と記しているとおり、白秋の詩を貫くものは、感覚主義であった。思想を述べるのではなく、言葉にあらわしがたい感覚を、〝音楽的象徴〟によって表現することを詩に求めたのである。

序詩

思ひ出は首すぢの赤い蛍の
午後《ひるすぎ》のおぼつかない触覚《てざはり》のやうに、
ふうわりと青みを帯びた
光るとも見えぬ光？
あるひはほのかな穀物《こくもつ》の花か、

落穂《おちぼ》ひろひの小唄か、
暖かい酒倉の南で
ひき揉《む》しる鳩の毛の白いほめき？

音色ならば笛の類《るゐ》、
蟾蜍《ひきがへる》の啼く
医師の薬のなつかしい晩、
薄らあかりに吹いてるハーモニカ。

匂ならば天鵞絨《びらうど》、
骨牌《かるた》の女王《クイン》の眼《め》、
道化たピエローの面の
なにかしらさみしい感じ。

放埒《ほうらつ》の日のやうにつらからず、
熱病のあかるい痛みもないやうで、
それでゐて暮春のやうにやはらかい
思ひ出か、たゞし、わが秋の中古伝説《レヂエンド》？

## 見果てぬ夢

過ぎし日のしづこころなき口笛は
日もすがら葦の片葉の鳴るごとく、
ジプシイの昼のゆめにも顫ふらん。
過ぎし日のあどけなかりし哀愁《かなしみ》は
こまやかに匂《にほひ》シヤボンの消ゆるごと
目のふちの青き年増《としま》や泣かすらん。
過ぎし日のうつつなかりしためいきは
淡《うす》ら雪赤のマントにふるごとく、

おもひでの襟のびらうど身にぞ沁む。
吹き馴れし銀のソプラノ身にぞ沁む。
過ぎし日の、その夜《よる》の、言はで過ぎにし片おもひ。

## 糸車

糸車、糸車、しづかにふかき手のつむぎ
その糸車やはらかにめぐる夕ぞわりなけれ。
金と赤との南瓜《たうなす》のふたつ転《ころ》がる板の間《ま》に、
「共同医館」の板の間に、
ひとり坐りし留守番のその媼《おうな》こそさみしけれ。

耳もきこえず、目も見えず、かくて五月となりぬれば、
微《ほの》かに匂ふ綿くづのそのほこりこそゆかしけれ。
硝子戸棚に白骨《はっこつ》のひとり立てるも珍《めづ》らかに、

水路《すゐろ》のほとり月光の斜《ななめ》に射《さ》すもしをらしや。
糸車、糸車、しづかに黙《もだ》す手の紡《つむ》ぎ、
その物思《ものおもひ》やはらかにめぐる夕ぞわりなけれ。

## 時は逝く

時は逝く。赤き蒸汽の船腹《ふなばら》の過ぎゆくごとく、
穀倉の夕日のほめき、
黒猫の美くしき耳鳴のごと、
時は逝く。何時しらず、柔《やはら》かに陰影《かげ》してぞゆく。
時は逝く。赤き蒸汽の船腹の過ぎゆくごとく。

## 六月

白い静かな食卓布《テエブルクロース》、
その上のフラスコ、

フラスコの水に
ちらつく花、釣鐘草《つりがねさう》。
光沢《つや》のある粋《いき》な小鉢の
釣鐘草、
汗ばんだ釣鐘草、
紫の、かゆい、やさしい釣鐘草、

さうして噎《むせ》びあがる
苦い珈琲《カウヒイ》よ、
熱い夏のこころに
私は匙を廻す。

高窻の日被《マルキイズ》

その白い斜面の光から
六月が来た。
その下の都会の鳥瞰景《てうかんけい》。

幽かな響がきこゆる、
やはらかい乳房の男の胸を抑《をさ》へつけるやうな……
苦い珈琲よ、
かきまわしながら
静かに私のこころは泣く……

秋

日曜の朝、「秋」は銀かな具《ぐ》の細巻の
絹薄き黒の蝙蝠傘《かうもり》さしてゆく、
紺の背広に夏帽子、

黒の蝙蝠傘さしてゆく、
瀟洒にわかき姿かな。「秋」はカフスも新らしく
カラも真白につつましくひとりさみしく歩み来ぬ。
波うちぎはを東京の若紳士めく靴のさき。

午前十時の日の光海のおもてに広重《ひろしげ》の
藍を燻《いぶ》して、虫のごと白金《プラチナ》のごと閃めけり。
かろく冷たき微風《そよかぜ》も鹹《しほ》をふくみて薄青し、
「秋」は流行《はやり》の細巻の
黒の蝙蝠傘さしてゆく。

日曜の朝、「秋」は匂ひも新らしく
新聞紙折り、さはやかに衣嚢《かくし》に入れて歩みゆく、

寄せてくづるる波がしら、濡れてつぶやく銀砂の、
靴の爪さき、足のさき、パッチパッチと虫も鳴く。

「秋」は流行の細巻の
黒の蝙蝠傘さしてゆく。

〝桐の花事件〟ののち、三崎での再起を経て、葛飾、小田原で自然を見つめ続ける中で、次のように語っている(『雀の卵』大序、大十)。

真の芸術の絶対境は写生から出てもつと高い、もつと深い、もつと幽かな、真の象徴に入つて初めてその神機が生き気品が動く。さうして彼と我、客と主の両体が、真の円融、真の一如の状態に合して初めて言語を絶した天来の霊妙音を鳴り澄ますのである。

自己の心状と自然とを重ねた、代表作の一つ「落葉松」が生み出されている（九七頁参照）。

「象徴詩」という概念自体は、フランスから移入されたものであったが、日本古来の和歌や俳句は象徴詩であるとの見方をしており、

細微の写生を避けて直接にその本質そのものを把握する。即ち一視に機を識り、一線に神を伝え、一語に生を活かす底のものである。短歌俳句の類は、その自然観照に於て、此の如き象徴的筆法を必要とする。

と述べている（同「大序」）。

そうした白秋の思いが結実したのが、「多磨短歌会」であり、歌誌「多磨」であった。

「多磨」誌上で、

多磨は広義には詩精神の復興を念とし、狭義には日本に於ける新らしい象徴運動である。

と明言している。

日本における象徴詩の第一期は『新古今和歌集』、第二期が芭蕉の俳諧、第三期は明治の詩であるとみなし、第四期として、「多磨」の歌風を起こしたのであった。

風隠《かざかげ》やしづけかりける時経《た》ちてうつら照り合ふ躑躅《つつじ》花むら

山沢や水の幽かに棲みつけば水馬《すゐま》は細しひとり清《す》ましぬ

つぎつぎにふり入る雪のあともなしたまゆら白く水は舌うつ

射干《ひあふぎ》のぬばたまの実に光さし痛《いた》きゆふべを雀は去《い》にぬ

色の冷《ひえ》うすらたちつつ秋ぐさや照る日のこぼれ影も乱さず

前章でも記したように、白秋は、言葉の持つ〝色、香ひ、光沢、手触り、味ひ、響に全感覚を凝らし、意味以外の、より以上の微妙な内律に耳を傾〟けて、詩歌をつくろうとしている。

白秋の象徴詩は、異国情趣にあこがれ、フランスの象徴詩の手法を取り入れることから始まった。

ただ、自らも〝音楽的象徴〟と言っているように、言い表し難い感覚や感情を、言葉の持つ意味だけではなく、言葉の音の交響体としてあらわそうとしたところが、白秋の象徴詩の特質である。

短歌には、定型という拘束があるが、それゆえに生じる日本語の響きがある。
それを活かした象徴詩としての短歌を「多磨」では目指したのである。
もちろん、白秋の童謡もすばらしい象徴詩であると、私は思う。

## 2　浪漫主義

浪漫主義とは

フランス大革命後十九世紀初めにヨーロッパに展開された文学上・芸術上の思潮。ブルジョアの俗物性の支配する社会に反抗して、異郷や過去にユートピアを求め、個性・空想・形式の自由を強調した。（中略）日本では明治中期の「文学界」・明星派・スバル派などに展開。

と、広辞苑には定義されている。

明治二十六年、北村透谷や島崎藤村らが中心となって創刊した「文学界」は功利的なものを否定し、恋愛賛美、生命感の充足を叫び浪漫主義の先駆となった。
明治三十二年、与謝野寛が新詩社を結成して「明星」を創刊し、与謝野晶子が加わると、明星派は、浪漫主義詩歌壇の中核となる。白秋もその一翼を担っていた。

白秋、木下杢太郎、吉井勇らが脱退したことも影響して、明治四十一年、百号記念号をもって「明星」が終刊したあと、雑誌「スバル」が誕生する。「スバル」は、森鷗外と上田敏が顧問となり、白秋、杢太郎、勇のほか、石川啄木、永井荷風、高村光太郎や、石井柏亭や山本鼎らの美術家も参加し、小説に転向した藤村や田山花袋らによって広まっていた自然主義と対峙して、芸術至上の耽美的な浪漫主義を展開する。

泪芙藍

罅《ひゞ》入りし珈琲碗《カウヒわん》に

泪芙藍《さふらん》のくさを植ゑたり。
その花ひとつひらけば
あはれや呼吸《いき》のをののく。
昨日《きのふ》を憎むこころの陰影《かげ》にも、時に顫へて
ほのかにさくや、さふらん。

## WHISKY

夕暮のものあかき空、
その空に百舌《もず》啼きしきる。
Whisky の罎《びん》の列《れつ》
冷やかに拭く少女《をとめ》、
見よ、あかき夕暮の空、
その空に百舌啼きしきる。

## 露台

やはらかに浴《ゆあ》みする女子のにほひのごとく、
暮れてゆく、ほの白き露台《バルコン》のなつかしきかな。
黄昏《たそがれ》のとりあつめたる薄明《うすあかり》
そのもろもろのせはしなきどよみのなかに、
汝《な》は絶えず来《き》たる夜《よ》のよき香料をふりそそぐ。
また古き日のかなしみをふりそそぐ。

（後略）

かくまでも黒くかなしき色やあるわが思ふひとの春のまなざし

薄暮《たそがれ》の水路《すゐろ》に似たる心ありやはらかき夢のひとりながるる

寝てきけば春夜のむせび泣くごとしストレート屋根に月の光れる

薄あかき爪のうるみにひとしづく落ちしミルクもなつかしと見ぬ

金口《きんぐち》の露西亜煙草のけむりよりなほゆるやかに燃ゆるわが恋

白秋は、『邪宗門』『思ひ出』『東京景物詩及其他』『桐の花』に収められる浪漫あふれる詩歌を数多く発表し、スバル派の中心となって、華々しい一時期を創出したのであった。

〝桐の花事件〟による収監のあと、三崎での生活は大きな転機となるが、白秋がリアリズムに傾くことはなく、葛飾での閑寂な暮らしを経て、「赤い鳥」を契機としてたくさんの童謡を生み出していく。

それらの童謡は、白秋の浪漫主義詩歌の真骨頂とも言えるものであり、日本の子供たちの感性に与えた影響は計り知れない。

揺籠のうた

揺籠のうたを、
カナリヤが歌ふよ。
ねんねこ、ねんねこ、
ねんねこ、よ。

揺籠のうへに、
枇杷の実が揺れる、よ。
ねんねこ、ねんねこ、
ねんねこ、よ。

揺籠のつなを、
木ねずみが揺する、よ。
　ねんねこ、ねんねこ、
　ねんねこ、よ。

揺籠のゆめに、
黄色い月がかかる、よ。
　ねんねこ、ねんねこ、
　ねんねこ、よ。

お月夜

トン、
トン、
トン、

あけてください。
どなたです。
わたしゃ木の葉よ。
　トン、コトリ。

トン、
トン、
トン、
あけてください。
どなたです。
わたしゃ風です。
　トン、コトリ。

トン、

トン、
トン、
あけてください。
どなたです。
月のかげです。
　トン、コトリ。

そして、晩年、「多磨」において象徴詩としての短歌を打ち出そうとしたことは前述のとおりであるが、「多磨の書」（昭十）ではこうも言っている。

多磨の期するところは何か。浪曼精神の復興である。「詩」への更生である。日本に於ける第四期の象徴運動である。近代の新幽玄体の樹立である。正統を継ぐ芸術良心の、ひたむきな純一への集中である。

「多磨」の選評をみると、〝たゞの浪漫気分ではならない〟と言い、しっかりと真実をみたうえでの〝香気〟を求めている。

詩論「芸術の円光」（大十一）は、次のような文章で始まっている。

詩の香気と品位といふことを私はいつも考へる。これを総じて気品と云ひ気韻といふのはそれである。

これを説明して、次のように言う。

ここに一輪の白薔薇がある。その白薔薇の香気は既にその葉にも刺にも枝にも幹にもその根にも充満してゐるのである。その凡てから押し上げる香気と品位とが、即ちその白薔薇さながらの気韻を躍動させるのである。

詩歌に〝香気〟を求める白秋の根底に〝浪漫精神〟があるのは、当然のことと言えるだろう。

ここで、白秋と戦争について少し触れてみたい。

大正十二年に刊行した詩集『水墨集』では、東洋的で清閑な美がうたわれている。

雪に立つ竹

聖《きよ》らかな白い一面の雪、その雪にも
平らな幅のかげりがある。
幽《かす》かな緑とも、また、紫ともつかぬ、
なんたるつめたい明《あか》りか。

竹はその雪の面《めん》に立ち、

ひとつひとつ立つ。
まっすぐなそれらの幹、
露《あら》はな間隔の透かし画。

（後略）

この『水墨集』の巻頭には、詩論「芸術の円光」が掲げられており、詩の〝香気〟や〝気韻〟について論じているが、〝言霊《ことだま》〟としての日本語の美しさも強調している。

昭和四年刊行の詩集『海豹と雲』は、その「後記」で〝かの古事記、日本記、風土記、祝詞等を渺遠にして漠漠たる風雲の上より呼び戻して、切に古代神の復活を言霊の力に祈り、之に近代の照明と整斉とを熱求しつつある。〟と述べているとおり、日本古来の自然神を〝近代の幽玄体〟をもってうたおうとしている。

言問

岩が根に言《こと》問《と》はむ、
いにしへもかかりしやと。
苔水のしみいづる
かそけさ、このしたたり。

草に木に言問はむ、
いにしへもかかりしやと。
おのづから染みいづる
わびしさ、このあかるさ。

小さき日に言問はむ、
いにしへもかかりしやと。
かがやきの空わたる
わりなさ、このはるけさ。

神神に言問はむ、
いにしへもかかりしやと。
はればれとひびき合ふ
松かぜ、このさわさわ。

同年、白秋は、満鉄の招きで満州を四十日間旅し、その帰りに奈良を訪れているが、法隆寺の正倉院御物を観て、〝まことに千古をつらぬくところの美そのものであった。(中略)触らばほろりとくづれさうなその十全の形と気韻と香気とは全くの高貴と芸術の美とを具現してゐた。かうしたものこそ真の芸術作品だと肯れたのである。〟(「きよろろ鶯」昭五)と感動し、〝古い伝統ある日本のよさを見直すためにのみあの広漠たる満州の羇旅は価値があつたと思つた。〟(「短歌新聞」昭八)と語っているのが印象的である。

一方、童謡や地方民謡を数多く世に送り出し〝国民詩人〟となっていた白秋は、各方面からの委嘱により、〝国民歌謡〟を制作する。

『青年日本の歌』（昭七）としてまとめられたそれらの歌謡は、ほとんどが山田耕筰によって作曲され公の場で合唱されたり、レコードに吹きこまれたりしている。

建国歌

そのかみ、天《あめ》つち闢《ひら》けし初め、
げに萠《も》えあがる、葦禾《あしかび》なして、
立たしし神こそ、
国の常立《とこたち》。
いざ、
いざ仰《あふ》げ、起《た》ち復《かへ》り、
かの若々し神の業《わざ》を。

（後略）

言祝

大君《おほぎみ》、
日の本の若き大君、
神《かん》ながら朗《ほが》らけき現人神《あらひとがみ》、
青空《あをそら》やかぎりなき、
国土《くにつち》やゆるぎなき、
万世《よろづよ》の皇統《みすまる》、
皇孫《すめみま》や天津日継《あまつひつぎ》、
ああ、我が天皇《すめらみこと》、

（後略）

続く国民歌謡集『躍進日本の歌』（昭十一）になると、時局を反映した歌謡が量産されている。

## 大陸軍の歌

青雲《あをぐも》の上に古く、
仰げ　皇祖、
天皇の大陸軍、
道あり、統《す》べて一《いつ》なり、
建国の理想ここに、
万世、
常々の歩武を進む、
精鋭、我等、
我等奮へり。

（後略）

皇軍行進曲

皇軍の進むところ、
敵無し、今や、
満蒙の野はよみがへる。
鵲《かささぎ》と雪を追って、
飛び翔《かけ》る爆撃の翼、
見よ、荒天の輝くその機首、
疾風迅雷、
　日本は決せり。

（後略）

童謡では、日本の昔話を題材にしたものや、動物や植物、子供たちの生活などをうたったものを少年少女向けの雑誌に寄稿しているが、注目されるのは、昭和十七年、眼を患い、重症の病に侵された中で、口述によって数十篇を制作していることである。それらは、白秋の没後、薮田義雄により、『大東亜戦争　少国民詩集』として編纂された。

僕らは昭和の少国民だ

僕らは昭和の少国民だ。
見ろ見ろ、時代の少国民を。
太陽―僕らの日章旗、
打ち振り打ち振り行進、進め。

ああ、見ろ偉大な東亜の今を。
空だ、青空、アジヤの空だ。
陸だ、大陸、アジヤの陸だ。
海だ、大洋、アジヤの海だ。

（後略）

白秋にとって、軍国主義の政治による戦争は、認容しがたいものであったことだろう。

しかし、息子の北原隆太郎の言う、〝大層学費のかかる私立校に子らを託したため、父はずいぶん、無理な仕事をもあえて引受け、徹夜を続けたのではなかったかと思う。〟（「後期白秋童謡に想う」）というような側面ももちろんあったとは思われるが、

国民詩人として些かなりとも詩歌を以て報ゐることは私達の奉公であると思ふ。

と語っている（「作歌の精神」昭十）のは、白秋の正直な気持ちだったと思われる。

西洋に憧れた若い時代を過ぎ、日本独特の美を追い求めるようになっていた白

秋にとって、日本を讃える歌謡をつくることは自然なことであったろう。

「多磨」の「雑纂」（昭十二）では、次のように記している。

依頼されたからヂアナリストの御意の儘に阿諛していゝといふことは詩人には許されないであらう。（中略）日本精神の守持者にはちがひはないが、厳然として、我は我が道の上に立つべく、見識は見識とするべきである。

昭和十七年三月に刊行された少国民詩集『港の旗』の「あとがき」は

私の愛する日本の少国民たちの感情が、あの明るい港の旗のやうに、いつも清新であるやうに祈ります。

と結ばれているように、白秋は、〝国民詩人〟として、日本のために祈りを捧げたのだろう。

詩人としての本分は別のところにあり、「多磨」において、象徴詩としての短歌の、浪漫精神に満ちた新しい幽玄を極めようとしていたのである。

## 3　森羅万象への愛

「畑の祭」（単行本としては刊行されず『白秋詩集』に収められている）に次のような詩がある。

### 雨中小景

雨はふる、ふる雨の霞がくれに
ひとすぢの煙《けぶり》立つ、誰《たれ》が生活《たつき》ぞ、
銀鼠《ぎんねず》にからみゆく古代紫、
その空に城ヶ島近く横たふ。

なべてみな空《あだ》なりや、海の面《おもて》に

輪《わ》をかくは水脈《みを》のすぢ、あるは離れて
しみじみと泣きわかれゆく、
その上にあるかなきふる雨の脚《あし》。

遥かなる岬には波もしぶけど、
絹漉《きぬごし》の雨の中《うち》、蜑小舟《あまをぶね》ゆたにたゆたふ。
棹あげてかぢめ採りゐる
北斎の蓑《みの》と笠、中にかすみて
一心に網うつは安からぬけふ日《び》の惑《まど》ひ。

さるにてもうれしきは浮世なりけり。
雨の中《うち》、をりをりに雲を透かして
さ緑に投げかくる金《きん》の光は
また雨に忍び入る。音《ね》には刻《きざ》めど

絶えて影せぬ鶺鴒《せきれい》のこゑをたよりに。

『邪宗門』の異国情緒や『東京景物詩及其他』の都会趣味を経て、〝桐の花事件〟後に過ごした三崎町では、こうした自然をうたった詩が多くつくられている。三崎での生活について、〝私に取つては私の一生涯中最も重要なる一転機を劃した〟（「雲母集余言」）と自ら言っているように、詩人としての栄光を失い、傷ついた心で眺めた海や太陽、はるかなる富士、そういった自然の持つ無限の力をひしひしと感じたことだろう。

薔薇ノ木ニ
薔薇ノ花サク。
ナニゴトノ不思議ナケレド。

といった心境にも至っている。

ただ、第一歌集『桐の花』には、

枇杷の木に黄なる枇杷の実かがやくとわれ驚きて飛びくつがえる

という作品があり、白秋の自然を観る見方がすでに表れていて興味深い。

葛飾で、窮乏の中、雀たちを見つめ続けた暮らしは、自然を観る眼をより深くさせ、『雀の生活』では次のように語っている。

一箇の雀に此の洪大な大自然の真理と神秘とが包蔵されてゐる（中略）一日一日と生き続けて行く、この生きとし生きてゐる物の生きようとする力位、真剣で、而も、不思議な強い力はありますまい。（中略）世は無常だと申します。然し、無常であるが故に、常に光明と精気とが新鮮に薫つてゐます、流れわたつてゆくのです、満ち、溢れてゐるのです。

童謡を開花させた「赤い鳥」でも、児童自由詩の指導の中で

露の一つは自然のいのちの一つです。その動きに心をとめる事は自然のいのちそのものを見る事です。

と説いている。

歌集『白南風』をまとめ、「多磨」を創刊していきながら著した「白南風捺筆」や『短歌の書』の中で、自然観照について述べられた部分を抜粋してみよう。

一粒の露の玉にも、草の葉にも頭は下る。自然は生きた宝石をそこらに鏤めてゐる。自然の恩沢は無尽蔵であり、流通するところの深奥の生命は、いかなる平凡裡にも脈うつて感じられる。何でもなく見える一小自然が、わたく

しには光輝くばかりに深く、さうして広く感じられる。有難い極みであるともいつていい。

如何なるスピード時代に於ても、天地自然は儼然としてゐるのである。眼前に幽遠を思ひ詩を思ふ心は、寧ろ時空を越えて不易の大精神に滲透すべきである。詩人の感覚は叡智は一瞬にして永遠の生を摑むべきである。

慎むべきは小我の主観にある。わたくしの自然観照の信条は、少くとも大我を以て自然に合一することであり、此の円融状態の中に我をも他をも、風のごとく、光のごとく、または大気のごとくに移行し、澄徹しようとするのである。

恋愛の喜びや苦しみ、父や母への思い、子どものいとおしさなど、感情を吐露した詩歌もつくってはいるが、刻々と移ろいゆく自然の〝永遠の生〟に、真の美を観ようとしたのである。

そして、選歌集『木馬集』（大八）の序で、

春の小雨のこまかにふりそそぐが如く、愛はあらゆる幽かな無生のものにもふりそそぐ。雨は枯《か》れ枯《が》れの茅萱をうるほし、まだ目に立たぬ草の芽の緑を萌え立たせ、疲れ果てた花園の隅の古びた木馬をも揺り動かす。これを哀れと知つてこそ、此の無常な人の世が新らしく、侘しい閑寂の中にも初めて揺るる大自然界の光明を観るのである。詩歌はこの愛を本《もと》とする。（中略）詩は愛を説くものではない。愛そのものの声であり、色であり、香《か》であり、触《しよく》である。

と記しているように、自然を観る心の根底には森羅万象への愛があった。

それが、白秋の詩の、暖かく、包みこむような香気を生み出しているのである。

さらに、その香気をより優しいものにしているのが、白秋の持つ明るさではないだろうか。

前述のように、世の無常を嘆くのではなく、無常だからこそ、〝光明と精気〟が新しくあふれてくる、ととらえている。

危篤状態の中、部屋の窓を開けさせ、白秋が最後に発した言葉は「新生だ」であった。

人は生まれながらにして孤独である。

理不尽な運命に翻弄され、大切なものを失った時など、痛いような悲しみに、二度と立ち上がれないと思われるほどうちひしがれることもある。

けれども、人生のはかなさ、寂しさを知っていればこそ、ささやかな幸福を深く感じることができる。

私は、白秋の詩や短歌、童謡に、〝明るい寂しさ〟というようなものを感じることがある。

なつかしいような、せつないような気持ちの本源には、生きるということのもつ宿命的な寂しさがあり、それは、生きることの醍醐味でもある。

そうした寂しさを、白秋は、気韻をたたえた言葉によって、あくまでも明るく奏でているのである。

こんな短歌がある。（大正六年「黒潮」に寄稿したもので、歌集には入っていない。）

木にとまり何を寂しむ雀子ぞその上《へ》に今朝も空は円《まろ》きに

小さな雀のいのちを、じっと見つめる白秋がいる。何も寂しがることはない、大きな自然につつまれているのだから、と語りかけているかのようである。

と同時に、白秋自身が雀であるようにも感じられる。雀とひとつになって、大空を見上げている白秋の姿が浮かんでくる。

いや、〝円《まろ》き空〟こそ、白秋なのかもしれない。

# おわりに

白秋の作品はかなり膨大である。それに向き合うことは、時としては苦しいこともあったが、わくわくしたり、ほのぼのとしたり、嬉しい気持ちで心を満たしてくれた。

『白秋全集』で、詩歌の初出の様子を知ることができたことは意義深かった。また、詩歌以外の詩文や評論、単行本未収録の短文や、主宰誌の編集雑記などにふれられたことは、白秋について考える上で大いに役立った。

歌誌「日光」の雑記「日光室」に

作つてゐる時か、その作後の数日は、まあ見てくれといふ気もちでいっぱいになつてゐる時もある。が、雑誌に掲載されたり、集になつたりするのを見ると、とてもがつかりして了ふ。

と記しているのを見つけたりすると、白秋をとても身近に感じられて、ほほえみたくなるのであった。

詩を読んで感じることは、人それぞれ、千差万別である。詩について論じるということ自体、詮ないことかもしれない。

ただ、白秋の詩歌の魅力を少しでも伝えることができたらと思う。

白秋がこの世を去ってから、八十年余りの歳月が過ぎた。今や、昭和は遠くなりにけり、とさえ言われる。

しかし、人の心というものは、どんな時代でも大して変わるものではないことは、古典を読めば明らかである。

北原白秋の詩歌が、これからも、読まれ、歌われ、愛され続けることを、心から願っている。

# 年譜

| 西暦 | 年号 | 年齢 | 事跡 | 著書 |
| --- | --- | --- | --- | --- |
| 一八八五 | 明治一八 | | 一月二五日、福岡県山門《やまと》郡沖端《おきのはた》村（現、柳川市沖ノ端町）に、父長太郎、母しけの長男として生まれる。本名隆吉。 | |
| 一八九一 | 明治二四 | 6 | 矢留尋常小学校に入学。 | |
| 一八九七 | 明治三〇 | 12 | 柳河高等小学校二年修了で中学校の試験に合格、県立伝習館中学に入学。 | |
| 一九〇一 | 明治三四 | 16 | 沖端の大火で生家が類焼。 | |
| 一九〇二 | 明治三五 | 17 | 「文庫」へ短歌の投稿を始める。 | |
| 一九〇四 | 明治三七 | 19 | 親友の中島鎮夫が〝露探〟の嫌疑を受け、自刃。中学を退学し、上京。早稲田大学高等予科文科に入学。 | |
| 一九〇六 | 明治三九 | 21 | 「明星」に競詠詩「花ちる日」やのちに『思ひ出』に収録する「紅き実」などの抒情詩を発表。 | |

| | | | | |
|---|---|---|---|---|
| 一九〇七 | 明治四〇 | 22 | 与謝野寛、木下杢太郎、吉井勇、平野万里の四人と約一か月間長崎、天草、熊本などを旅行し、紀行文「五足の靴」を新聞に連載。森鷗外邸の観潮楼歌会に招かれて毎月出席するようになる。 | |
| 一九〇八 | 明治四一 | 23 | 若い詩人たちや洋画家たちと「パンの会」を結成。「スバル」創刊号に「邪宗門新派体」の詩を発表。 | 邪宗門 |
| 一九〇九 | 明治四二 | 24 | 生家破産。 | 思ひ出 |
| 一九一一 | 明治四四 | 26 | 『思ひ出』の出版記念会が開催される。 | |
| 一九一二 | 明治四五（大正元） | 27 | 松下俊子の夫から姦通罪として告訴され、示談金により免訴となる。 | 桐の花<br>東京景物詩及其他 |
| 一九一三 | 大正二 | 28 | 破産後上京していた父母、弟と俊子とともに神奈川県三崎町に転居。 | 真珠抄《まさごしょう》、白金之独楽《はっきんのこま》<br>雲母《きらら》集 |
| 一九一四 | 大正三 | 29 | 俊子と離別。 | |
| 一九一五 | 大正四 | 30 | 弟鉄雄と阿蘭陀書房を創立し、文芸雑誌「ＡＲＳ」を創刊。 | |
| 一九一六 | 大正五 | 31 | 江口章子《あやこ》と結婚し、葛飾に転居。 | 白秋小品 |

| | | | | |
|---|---|---|---|---|
| 一九一七 | 大正六 | 32 | 「雀の生活㈠」を発表。弟鉄雄、出版社「アルス」を創立。 | |
| 一九一八 | 大正七 | 33 | 小田原市に転居。鈴木三重吉主宰の「赤い鳥」に童謡を発表。 | |
| 一九一九 | 大正八 | 34 | 「赤い鳥」で児童自由詩の募集、選評を始める。 | 白秋小唄集、とんぼの眼玉 |
| 一九二〇 | 大正九 | 35 | 章子と離別。 | 雀の生活 |
| 一九二一 | 大正一〇 | 36 | 画家の山本鼎らと「芸術自由教育」を創刊。佐藤キクと結婚。 | 兎の電報、童心、洗心雑話、雀の卵、まざあ・ぐうす |
| 一九二二 | 大正一一 | 37 | 長男隆太郎誕生。山田耕筰とともに芸術雑誌「詩と音楽」を創刊。 | 日本の笛、祭の笛、観相の秋、羊とむじな |
| 一九二三 | 大正一二 | 38 | 関東大震災により家が半壊、しばらく竹林での生活を送る。 | 水墨集、花咲爺さん |
| 一九二四 | 大正一三 | 39 | 前田夕暮らと歌誌「日光」を創刊。 | あしの葉、お話・日本の童謡 |

| | | | | |
|---|---|---|---|---|
| 一九二五 | 大正一四 | 40 | 長女篁子《こうこ》誕生。鉄道省主催樺太観光団の一員として吉植庄亮とともに樺太・北海道を旅する。 | 季節の窗、子供の村 |
| 一九二六 | 大正一五（昭和元） | 41 | 小田原生活を切り上げ、上京。 | 二重虹《ふたえにじ》、風景は動く、象の子 |
| 一九二七 | 昭和二 | 42 | 静岡電鉄の依頼で「ちゃっきり節」をつくり、以後地方民謡も手掛ける。 | 芸術の円光 |
| 一九二八 | 昭和三 | 43 | 大阪朝日新聞の依嘱で旅客機ドルニエ・メルクールに乗り二十年ぶりに柳河に帰郷。 | フレップ・トリップ |
| 一九二九 | 昭和四 | 44 | 改造社の現代日本文学全集に「明治大正詩史概観」を発表。『白秋全集』（全十八巻）の刊行が始まる。 | 緑の触覚、篁《たかむら》、月と胡桃、海豹と雲 |
| 一九三〇 | 昭和五 | 45 | 南満州鉄道の招きに応じ満蒙旅行。 | |
| 一九三一 | 昭和六 | 46 | | 北原白秋地方民謡集 |
| 一九三二 | 昭和七 | 47 | | 青年日本の歌 |
| 一九三三 | 昭和八 | 48 | | 鑑賞指導児童自由詩集成 |
| 一九三四 | 昭和九 | 49 | 台湾総督府の招きで台湾旅行。 | 白南風《しらはえ》 |

| | | | | |
|---|---|---|---|---|
| 一九三五 | 昭和一〇 | 50 | 多磨短歌会を創設し歌誌「多磨」を創刊。「白秋を歌ふ夕」が日比谷公会堂で開かれる。 | 現代歌論歌話叢書北原白秋篇、きょろろ鶯 |
| 一九三六 | 昭和一一 | 51 | 「多磨」全国大会を開催。 | 躍進日本の歌 |
| 一九三七 | 昭和一二 | 52 | 改造社企画の『新万葉集』の審査員となり選歌にあたる。視力に異状を感じ受診したところ眼底出血と診断され、腎臓病と糖尿病を併発しており、入院。 | |
| 一九三八 | 昭和一三 | 53 | 退院し自宅で療養。視力は回復せず、ほとんど口述筆記による生活となる。 | 鑕《かなしき》 |
| 一九三九 | 昭和一四 | 54 | | 雲と時計、夢殿 |
| 一九四〇 | 昭和一五 | 55 | | 黒檜《くろひ》、新頌《しんしょう》 |
| 一九四一 | 昭和一六 | 56 | 長篇詩「海道東征」が福岡日日新聞の文化賞を受賞。授賞式出席のため妻子とともに福岡に赴き、柳河での「多磨」九州大会にも出席。島崎藤村、窪田空穂とともに推されて芸術院会員となる。 | |
| 一九四二 | 昭和一七 | 57 | 病状が悪化し、一一月二日未明、永眠。 | 短歌の書、港の旗、朝ノ幼稚園、満州地図、香ひの狩猟者、七つの |

| | | | | |
|---|---|---|---|---|
| | | | | 胡桃、風と笛 |
| 一九四三 | 昭和一八 | | | 水の構図、指導と鑑賞児童詩の本、牡丹の木《ぼく》、太陽と木銃、国引、海道東征、大東亜戦争少国民詩集、渓流唱《けいりゅうしょう》、橡《つるばみ》 |
| 一九四四 | 昭和一九 | | | 風隠集 |
| 一九四九 | 昭和二四 | | | 海阪《うなさか》 |
| 一九八四 | 昭和五九 | | 岩波書店から『白秋全集』（全四十巻）が刊行される。 | |

## 主な参考文献


『白秋全集』岩波書店
『日本の詩歌　北原白秋』中央公論社
『明治大正譯詩集』角川書店
薮田義雄『評伝　北原白秋』
恩田逸夫『北原白秋　人と作品』
山本太郎『白秋めぐり』
北原東代『白秋の水脈』
野北和義『阿佐ヶ谷時代の北原白秋』
佐藤通雅『白秋の童謡』
ドナルド・キーン『日本文学史　近代・現代篇』

著者紹介
山本亜紀子（やまもと　あきこ）
1959年、愛媛県大洲市に生まれる。
1978年、大阪大学文学部に入学。国文学を専攻し、北原白秋を研究。
1982年、大学卒業後、愛媛県庁に入庁。
男女参画課長、文化財保護課長、社会福祉医療局長、監査事務局長などを務める。
2020年、定年退職。白秋の研究を再開する。
松山市在住。

# 北原白秋私論

2024年12月24日　発行　　定価＊本体1800円＋税

著　者　山本亜紀子

発行者　大早　友章

発行所　創風社出版

〒791-8068 愛媛県松山市みどりヶ丘９－８

TEL.089-953-3153　FAX.089-953-3103

振替 01630-7-14660　http://www.soufusha.jp/

印刷　㈱松栄印刷所

© 2024 Akiko Yamamoto ISBN 978-4-86037-347-4